숲속의
　　　화음

숲속의
화음

초판 1쇄 발행 2025. 2. 25.

지은이 변영희
펴낸이 김병호
펴낸곳 주식회사 바른북스

편집진행 김재영
디자인 이강선

등록 2019년 4월 3일 제2019-000040호
주소 서울시 성동구 연무장5길 9-16, 301호 (성수동2가, 블루스톤타워)
대표전화 070-7857-9719 | **경영지원** 02-3409-9719 | **팩스** 070-7610-9820

•바른북스는 여러분의 다양한 아이디어와 원고 투고를 설레는 마음으로 기다리고 있습니다.
이메일 barunbooks21@naver.com | **원고투고** barunbooks21@naver.com
홈페이지 www.barunbooks.com | **공식 블로그** blog.naver.com/barunbooks7
공식 포스트 post.naver.com/barunbooks7 | **페이스북** facebook.com/barunbooks7

ⓒ 변영희, 2025
ISBN 979-11-7263-243-4 03810

•파본이나 잘못된 책은 구입하신 곳에서 교환해드립니다.
•이 책은 저작권법에 따라 보호를 받는 저작물이므로 무단전재 및 복제를 금지하며,
이 책 내용의 전부 및 일부를 이용하려면 반드시 저작권자와 도서출판 바른북스의 서면동의를 받아야 합니다.

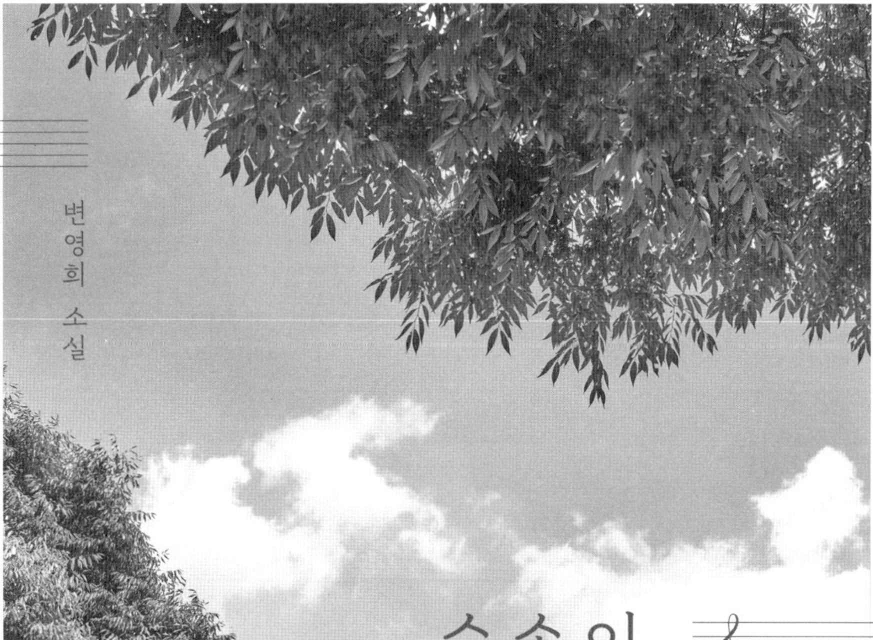

변영희 소설

숲속의 화음

난 충만한 삶을 살았고 정말 많은 것을
경험하며 돌아다녔지만 그보다 훨씬 더 굉장했던 것은
난 항상 내 방식대로 살았다는 거야.

바른북스

목차

숲속의 화음 008

언니의 파카 만년필 032

매지리 로맨스 056

섬 고양이에 대한 변(辯) 082

묵사발 104

삼백 불(弗)의 저주 - 엄마에게 124

설움은 한을 품고 연민은 소설을 잉태한다 140

아기 방문객 160

훈수 두다 - 그리운 옛날은 지나가고 194

숲속의 화음

𝄞

- 어? 얘가?

순영이 놀란다. 창호(唱好)의 방문이 활짝 열려 있다. 기타 몸체가 엉망으로 부서져 있다. 방바닥에 뒹군다. 창호가 보물처럼 끼고 살던 기타였다. 창호는 밥 먹고 잠자는 시간 빼고 낮이고 밤이고 기타를 쳤다. 가요 백곡집(百曲集)이 너덜너덜 닳도록 기타 반주에 맞춰서 노래를 불렀다. 시철 씨는 기타 소리가 듣기 싫다며 무섭게 화를 냈다.

- 너 인마! 기타 좀 그만둘 수 없어? 몇 번 말해야 알아듣겠어?

창호는 기타를 끌어안고, 딩. 딩. 딩. 기타 줄을 조율하고 있다.

- 네가 제정신이냐?

넥타이를 매던 시철 씨가 몸을 홱! 돌린다. 창호 방으로 뛰어 들어간다. 그가 기타를 주먹으로 꽝! 친다. 창호 뺨을 때린다. 아버지의 권위와 위력을 행사한 것이다. 창호 코에서 주르르 피가 흘렀다. 순식간에 일어난 일이었다.

- 왜 때려요? 나 이 집에 안 살아! 나갈 거야.

녀석도 만만치 않다.

- 제발 당신은 모른 척해요.

순영이 창호를 대신해서 빌었다.

- 흥! 자식새끼 하나도 제대로 못 가르치고 당신은 뭐 하는 여자야?

화산은 그녀에게 돌아왔다. 잠이 깨기 무섭게 기타 치며 노래를 부르는 녀석이 안타깝다. 그녀는 아들 편도, 남편 편도 들지 못한다.
창호는 대단한 고집쟁이였다. 아기 때 이미 그런 성향이 감지되었다. 자신이 결정한 일은 어떤 장애물을 물리치고라도 성사시키는 외골수다. 그녀가 앞장서서 중2 때 창호에게 기타를 배우게 한 것은 창호의 왕고집을 중화시키는 데 도움이 되리라고 믿었기 때문이다.

 TV에서 무슨 음악이든 들려오면 창호 아기는 고개를 끄덕끄덕하면서 춤을 추었다. 도레미파솔라시도 음계가 첫돌을 겨우 지낸 창호 입에서 흘러나와 온 집 안을 호랑나비처럼 부유했다.

 '옳지! 이 아이는 음악에 탁월한 감각이 있구나.' 그녀는 자신의 관찰을 기뻐했다. 그 확신이 흐뭇했다.

 창호는 성장하면서 학교 공부 외에 책도 열심히 읽었다. 그녀는 창호가 독서와 음악, 좋은 취미를 가진 것이 대견했다. 좋아하는 것을 직업으로 삼아야 성공한다는, 세간에 떠도는 소문을 그녀는 부정하지 않았다.

 그녀는 아무 일도 손에 걸리지 않는다. 온종일 정신이 멍했다. 밤이 깊었다. 그녀는 이시철 씨에게 전화한다.

 - 창호가 학교에서 여태 돌아오지 않았어요.

 - 거래처 사람들과 한잔하고 들어갈 테니 그리 알아요!

 창호 이야기는 끼어들 틈이 없다. 그녀가 창호 방으로 들어간다.

소름이 돋는다. 기타가 무감성 무지각의 무생물이라곤 하지만 그 모양이 너무나 섬찟했다. 아름다운 음률을 쏟아내던, 값도 어지간히 비싼 고급 제품이었다. 낙원동 악기 상가에 창호를 데리고 갈 때 창호는 경중경중 뛰면서

 - 우리 엄마 최고!

엄지손가락을 머리 위로 올리며 기뻐했다.
 창호가 기타에 빠지면서 학교 공부를 소홀히 한 점, 그녀도 인정한다. 한편 창호가 가장 좋아하는 일에 몰두하는 것 같아 그녀는 안도했다. 꼭 일류 대학 아니라도 좋다. 마음이 이끄는 대로 너의 길을 가라. 다만 아빠가 집에 계실 때는 기타 치지 마라! 그녀의 당부는 간곡했다.

 달 밝은 밤이었다. 창호는 잔디밭에 내려앉아 기타를 쳤다. 기타 소리가 온 집 안으로, 아랫동네로 퍼져 나갔다. 그녀가 마당으로 나왔다. 창호는 그녀에게 악보를 주었다. 아들과 함께 노래를 불렀다. 〈개똥벌레〉였다. 달빛이 동서 사방에 드리워져 기타 소리가 더 감명 깊게 들려왔다.

 - 여자가 뭘 안다고 애한테 기타를 배우게 해? 당신은 언제 철이 나니?

밤늦어 귀가한 시철 씨가 눈을 부릅뜨고 버럭, 소리를 질렀다. 틀린 말은 아니었다. 창호에게 기타를 사 주고 나서 남편과 보이지 않는 거리가 더 강고하게 형성되었다. 근근 유지되던 부부 사이가 악화된 것이나 다름없다.

캐나다 가수 폴 앵카에 이어, 미국의 프랭크 시나트라가 부르면서 히트곡이 되었다고 하는 〈마이 웨이〉, 창호는 엘비스 프레슬리의 떨리는 듯한 〈마이 웨이〉를 선호했다. 부르고 또 불렀다. 노래든 뭐든 한 가지에 정통하고 꾸준히 그 길을 가면, 성공을 기대할 수 있다. 학교 공부가 전부는 아니다. 그녀의 사고는 굳건했다.

시철 씨의 호통에 창호가 제 방으로 들어간다. 창호가 뒤따라온 순영에게 담임선생님과의 면담 일자를 알려준다. 면담 일자는 바로 다음 날이었다.

그녀는 B 고등학교를 방문했다.
순영은 창호 담임에게 정중히 예를 표하고 그가 권하는 자리에 앉았다. 창호의 기타가 문제 될까, 가슴이 두근거렸다.

- 이창호는 저희 반에서 인기가 대단합니다. 쉬는 시간에 노래를 잘 부르는데 사실 대학입시 하고 노래는 거리가 있지요.

그녀가 긴장한다.

- 누구나 다 자신만의 달란트를 갖고 태어납니다. 창호는 특별한 달란트를 가진 학생입니다. 학교 교육이 전 인생을 좌우하는 건 아니라고 저는 그렇게 봅니다.

그녀는 담임의 진의를 얼른 이해하지 못한다. 담임이 입시 위주 교육의 맹점을 설명하는 데도 그 이론적 근거가 얼른 짚어지지 않았다.

- 제 견해로는 창호의 진로를 예능 쪽으로 정하시는 게 좋을 것 같습니다만.

고무적이었다. 참신한 교육철학을 소유한 A급 교육자처럼 그녀는 창호 담임을 우러른다. 그래! 아들아! 맘껏 기타 치고 노래를 불러라! 노래 속에 창호 네 인생의 답이 있다. 그런데 창호는 지금 어디에 있는가? 그녀는 창호 친구 영훈에게 전화한다.

- 어머니! 창호가 집에 없다고요? 오늘 중간고사라 오전에 끝났어요.

영훈이도 놀라는 기색이다.

- 창호가 어디 갈 만한 데가 있는지 네가 좀 알아봐 줄래? 수고

스럽지만 부탁한다!

- 네. 제가 알아보겠습니다.

　전화를 끊고 그녀는 무슨 실마리라도 찾아볼까 하고 창호 방에 들어갔다. 용돈은 가지고 있는지 궁금했다. 저금통이 칼로 도려진 듯 수난을 당한 모양새다. 저금통이 털린 걸 보니 창호가 멀리 떠난 것 같다. 떠났다면 그게 어디지? 서울이냐? 지방이냐?
　창호가 늘 메고 다니던 배낭이 눈에 띄지 않는다. 멀리 간 게 맞는 것 같다. 창호 네가 갈 곳이 어디냐. 갈 곳이 있기는 하냐.
　책상 서랍을 열었다. 온통 오선지였다. 창호가 작곡한 악보도 있다. 그녀는 창호 방에 있는 라디오를 안고 안방으로 건너온다. 라디오를 켰다. 기다렸다는 듯이 〈마이 웨이〉 선율이 흘러나왔다. 창호 음성이었다.

　친구, 분명히 해두고 싶은 게 있지.
　내가 확신하는 바대로 살았던 삶의 방식을 얘기해 볼게.
　난 충만한 삶을 살았고 정말 많은 것을 경험하며 돌아다녔지만
　그보다 훨씬 더 굉장했던 것은 난 항상 내 방식대로 살았다는 거야.

〈마이 웨이〉 한 소절이 끝났다. 갑자기 두려움이 엄습했다. 그녀는 라디오 볼륨을 낮춘다. 그녀의 시선이 허공을 헤맨다. 녀석이

너무하다는 생각이 들었다. '마지막 순간, 확신하는 바대로, 내 방식대로 살았다.'라는 구절이 예사롭지 않다. 그렇다면 〈마이 웨이〉 CD가 메모 대신인가. 그녀의 머릿속은 백색의 진공상태다.

거실의 벽시계가 자정을 일깨운다. 시철 씨는 감감무소식이다. 태평한 것이 아버지 마음인가. 당신이 구타해서 아들이 집을 나갔다고는 말하지 않았다. 그는 자신의 행위를 교육 차원에서 아들을 훈계하고 때에 따라서는 매도 들 수 있다고 강변할 것이다.

영훈에게서는 전화가 오지 않았다. 시험공부하느라고 친구의 가출에 대해 무관심한가. 창호는 시험을 포기한 것인가.

현관문이 열렸다. 그녀가 몸을 일으킨다. 시계를 보았다. 새벽 2시였다. 그녀의 옷차림은 시장에서 돌아온 그대로다. 주방에는 시장바구니가 내동댕이쳐진 상태다.

- 아니! 여자가 남편이 들어오기 전에 잠을 자고 있어? 그러니까 창호가 저 꼴이라고!

술 냄새가 역하다. 아침에 입고 나간 와이셔츠 칼라가 양복 밖으로 삐죽이 드러나 있다. 넥타이는 어디로 갔지?

여자가 제멋대로 애한테 기타나 사 주고. 그래가지고 무슨 교육이 되겠어?

또 여자 타령이다.

'그맘때는 악기 한 가지는 다 갖고 있어요. 영훈이는 피아노도 잘 치고 플루트(Flute)도 해요.'

입속에서만 뱅뱅 돌뿐, 그녀는 입을 꽉 다문다.
유아기에도 창호는 아빠 얼굴을 못 볼 때가 많았다. 그녀가 창호에게 기타를 사 준 중요한 동기에 해당한다. 기타라도 쳐야지 그 애가 무슨 재미로 살겠어요? 순영은 말을 아낀다. 꾹꾹 가슴속에 묻어둔다. 쓸쓸한 인생은 그녀 한 사람으로 족하다.
시철 씨가 소파에 눕는다. 창호가 눈에 안 보여도 걱정 한마디 없다. 눕자마자 코 고는 소리가 진동한다. 그녀가 한숨을 토한다. 안방에 이불을 깔았다.

- 방으로 들어가세요! 새벽엔 서늘해요.

인사불성이다. 그녀가 담요를 가져와 덮어준다.

- 나 이 집에서 안 살아. 나갈 거야!

창호는 그냥 내뱉은 말인가. 시험을 보러 내일 학교에 가기는 갈까. 혹시 인생을 포기한 게 아닌가. 라디오를 켰다. 엘비스 프레슬리의 〈마이 웨이〉가 흘러나왔다. 소절마다 '난 항상 내 방식대로 살았다.'라고 떨리는 목소리로 노래의 말미를 장식한다. 〈마이 웨이〉 가사에 신경이 쓰인다. 순영에게 평범하게 들리지 않는다. 그렇다면 창호의 '내 방식'은 무엇인가. 아버지에게 뺨 맞은 게 분해서였나.

설사 마음에 들지 않더라도 아들의 재능과 기호를 존중해 줄 수도 있지 않은가. 그녀는 남편이 야속하다. 분하다. 사사건건 여자라고 무시당했다. 남편을 기다리지 말고 진즉에 경찰서에 가출 신고를 했더라면 창호가 멀리 가지 못했을 것 아닌가. 자식이 무엇인가. 남편은 누구인가. 왜 그녀는 긴 밤을 애태우는가.

창호는 어려서부터 그녀를 따라 절에 갔다. 목탁 소리에 맞춰 몸을 흔들고, 넙죽넙죽 부처님께 절을 올리는 창호를 사람들은 귀여워했다.

경상도 하동 화개장터 벚꽃 터널을 지나 범왕리 비탈길로 올라가는 칠불사, 호랑이 형상이 깃든 백화산의 반야사, 자장율사가 창건했다는 적멸보궁 양산 통도사, 강원도 적멸보궁 법흥사, 마애불의 가피력이 전해지는 강화 보문사. 이들 사찰에 그녀는 도반처럼 어린 창호를 데리고 다녔다.

창호는 어디로 방향을 잡은 것일까? 창호가 간 곳이 절이 맞는가. 갈 곳이 절 말고 또 있는가. 창호의 마음을 안정시켜 주는 절은 어디일까. 창호는 종종 절에서 살고 싶다고 말했다. 중2 여름 방학 한

때 문경 깊은 산중의 암자에 머물며 큰스님의 상좌 노릇도 했다.

이담에 돈을 많이 벌어서 별장처럼 절을 지어 엄마의 기도처를 만들어 준다고도 했다. 창호는 전생에 중생들의 공양을 받았던가. 창호가 세상 물정을 몰라서 그렇게 말했던 것일까. 그녀는 창호의 발상이 제 또래하고는 많이 달랐다고 여긴다.

크르릉! 크르르릉!

시철 씨의 잠이 얼마나 달고 깊은지, 코 고는 소리가 얼마나 요란하고 큰지, 그녀가 방문을 여닫는 동작에 조심할 것도 없다. 집에 불이 나도 그는 코를 골 것이었다. 그는 창호에게 또 그녀에게 말 한마디 눈빛 한번 따뜻한 적이 없다. 명령하고 지시하는 점령군 사령관, 조사하고 즉결 처분하는 수사관이었다.

절에 가리라. 창호와 갔던 절부터 돌아보리라. 창호를 찾아야 한다. 창호 없이 어찌 이 삭막한 세상을 살아가랴.

댕, 댕, 댕, 댕.

벽시계가 새벽을 알리고 있다. 잠이 오지 않아 애쓴 것 같은데 그래도 어찌어찌 시간이 흘렀던가. 그녀가 창문을 연다. 새로운 날이 청남색의 기묘한 빛깔로 다가왔다.

홀연 전화가 울린다. 그녀가 달려가 전화기를 손에 든다. 부르르 손이 떨린다.

- 이창호 학생, 교통사고로 현재 119 수송 중입니다. 보호자 되시는 분은 ○병원 응급실로 속히 와주십시오!

그녀는 이창호가 사고를 당했다는 것 외에 더 무슨 말을 들었는지 정신이 아득하다. 앵! 앵! 환청인 듯 구급차 달리는 소리가 들려왔다.

시철 씨는 여전히 코를 골고 있다. 전화 소리도, 그녀의 부스럭대는 기척에도 아랑곳없다. 그녀가 시철 씨를 깨운다.

- 창호 아버지! 창호가 교통사고로 병원에 지금….

말을 다 마치지 못한다. 눈물이 그녀의 볼을 타고 흘러내린다.

- 보면 몰라? 여자가 피곤해서 잠자는 사람을 깨워? 왜 그렇게 교양이 없나?

시철 씨가 그녀를 노려본다.

- 창호가, 교통사고… 다쳐서 구급차로….

- 뭐라고? 당신은 애 하나 있는 거 다스리지도 못하고. 대체 뭐 하는 여자야?

- 얼른 병원에 가봐야 한다고요.

그녀는 가슴이 찢어진다.

- 남은 뼈가 빠지게 직장에 가서 일하는데 당신은 뭐 하는 거야? 병원에 가든지 말든지 알아서 해! 나는 오늘 아침 중역 회의가 있어! 그 자식, 내 그럴 줄 알았다고.

- 당신 창호 아버지 맞아요? 아들이 다쳤다는데 걱정도 안 돼요?

그녀가 울부짖었다.

- 여자가 잘못했으면 입이나 다물어! 그래 너 잘났으면 네가 잘해봐!

시철 씨가 휙! 몸을 일으켜 욕실로 들어간다.
그녀는 허둥지둥 외투를 걸친다. 대문을 나선다. 어둑한 거리에 찬 바람만 술렁거린다. 택시가 다가왔다.

- ○병원 응급실로 가주세요!

천지사방이 적막하다. 거리에는 불 밝힌 상점이 거의 없다.

#

○ 병원에 도착했다. 택시에서 내려 그녀는 응급실로 달려갔다.
 진입 금지!
 빨간 고딕 글씨 팻말을 보자 그녀는 망연자실이다.
 환자 가족인 듯한 사람들이 대기 중이다. 응급실 문을 두들겨 보는 사람도 있다.

 - 들어오시면 안 됩니다. 지정된 면회 시간까지 밖에서 기다리십시오!

 간호사가 다가와 문 앞에서 서성거리는 사람들에게 주의를 주었다.
 복도의 형광등 불빛이 을씨년스럽다. 그 불빛은 무엇인가 예사롭지 않은 분위기를 연출하는 것 같다. 그녀는 긴 복도를 몇 차례나 오락가락한다.
 응급실 문이 열린다. 환자 가족들이 응급실 안으로 들어선다. 병원 특유의 냄새가 훅! 코를 찌른다. 비릿하고 역겨운 피 냄새였다. 여기저기에서 앓는 소리가 들려온다. 병상이 가로세로 줄지어 있는 응급실 왼쪽 창가 병상에서 그녀는 창호의 이름표를 발견한다.
 '이창호 17세'
 온몸에 경련이 일어난다. 머리를 싸맨 붕대가 피범벅이다. 입고 있는 옷은 넝마 조각처럼 너덜너덜하다. 눈두덩과 광대뼈, 팔, 어깨, 손, 어디라 할 것 없이 피멍이 들었다. 창호의 몰골이 처참하다.

전공의가 목격자의 말을 전했다. 건널목에서 미친 듯이 달려드는 차에 치여 500m 정도 끌려가다가 길바닥에 널브러졌다고, 두개골이 골절, 금이 가고, 뇌 안으로 공기가 들어가 항생제 처방을 해야 한다면서, 절대 안정해야 한다고 했다. 길바닥에 나가떨어지면서 그 충격으로 정맥혈관이 터져 뇌출혈이 두 군데 발생, 2, 3일 후에는 의식이 더 떨어질 수도 있다고 했다. 8주 이상 입원 가료가 필요한, 그 후에도 장기간 정양을 요하는 중상이었다. 다행히 생명에는 이상이 없다고 했다. 전공의 브리핑이 끝났다.

다행히? 다행이라고?

그녀가 혼수상태인 창호의 침대 모서리를 움켜잡는다. 기다시피 응급실을 나온다. 대기실 의자에 주저앉는다. 그녀는 아무것도 들리지도 보이지도 않았다.

8주에 걸친 입원과 2개월의 통원 치료에 이어 정양 기간은 부지하세월이었다. 담당 의사가 말했다. '의약만으로는 쉽게 아물지 않는다.' 공기 좋은 곳에 가서 잘 먹고 잘 쉬면 나이 어린 환자니까 건강이 정상적으로 회복될 거라고 했다. 그녀는 담당 의사의 권유에 동의했다. 달리 묘책이 없다. 정신신경과 의사 역시 뇌를 다친 창호에게 정신적 안정이 더 중요하다고 강조했다.

- 그저 잘 먹고 푹 쉬게 하시면 나을 겁니다. 학교 공부는 조금 지체되더라도 건강이 첫째죠. 창호는 잘 이겨낼 것입니다.

창호 담임은 창호에게 장기 휴가를 선언했다.

- 기타 치고 노래 많이 불러라! 그래야 빨리 낫는다. 이창호, 파이팅!

담임선생님이 기타 치는 동작을 흉내 내며 창호 손을 굳게 잡았다.

- 에미 자식이 잘한다.

위험 상황에서도 시철 씨의 꼰대 의식은 추호도 흔들리지 않았다. 가장으로서 명령이나 지시만이 자신의 특권으로 아는 태도였다. 완고한 봉건 가부장제 환경에서 성장했기 때문일까. 그의 어투에서 일말의 측은지심도 찾아볼 수가 없다.

그녀는 지체하지 않았다. 창호를 데리고 경상도 땅을 밟았다. 양산 통도사로 가는 것이다. 정양의 장소로 영축산 통도사를 정한 것은 창호의 뜻이었다. 창호가 4학년이던가, 그해 여름 방학을 그곳에서 지낸 기억이 있다. 창호는 그녀를 따라 새벽예불도 곧잘 참석하여 주변 사람들을 놀라게 했다. 어린 날의 그 풋풋한 추억이 통도사로 향하게 했던가. 순영은 창호가 그의 다리로 걸을 수 있는 것, 무사히 통도사에 오게 된 것을 감사하게 여겼다.

영축산 통도사는 인도 왕사성의 영축산에서 연유한 것으로, 이

산의 모습이 독수리의 머리를 닮았다 하여 산 이름을 영축산이라 했다고 한다.

 통도사는 유네스코 세계유산으로 등재된 사찰이다. 모든 진리를 회통하여 중생을 제도한다는 설이 전한다. 불상을 모시지 않는 대신 금강계단에 부처님의 가사와 진신사리를 모시고 있다. 승려가 되려면 통도사의 상징이라고 할 수 있는 금강계단에서 계를 받아야 한다.

 불보사찰 통도사는 팔만대장경을 보존하고 있는 법보사찰 해인사, 보조국사를 비롯해, 16 국사를 배출한 승보사찰 송광사와 함께 우리나라 삼보사찰의 첫손에 꼽히는 절이다. 다른 사찰에서는 찾아보기 힘든 독특한 가람 배치와 함께, 성보박물관에는 불화 등 부처님 유물을 많이 소장하고 있다. 불교 집안에서 자란 순영이 가장 선호하는 사찰이었다. 순영이 일찍이 경봉 선사의 《삼소굴 일지》를 읽은 것도 통도사로 오게 된 이유라면 이유였다.

> **내가 나를 온갖 것에서 찾았는데**(我是訪吾物物頭)
> **눈앞에 바로 주인공이 나타났네**(目前卽見主人樓)
> **하하, 이제 만나 의혹이 사라졌으니**(呵呵逢着無疑惑)
> **우담바라 꽃밭이 온 누리에 흐르네**(優曇花光法界流)

 경봉 스님의 오도송을 떠올리자 그녀의 발걸음은 우담바라 꽃밭을 거닐 듯, 미풍처럼 가벼웠다. 감개가 무량했다. 16세에 통도사로 출가해서 91세에 입적하기까지 일생을 거의 통도사 뒤쪽 극락암 삼소굴에서 수행 정진한 경봉 스님. 웃을 일 있어도 웃고, 없어도 웃으라는 스님의 《삼소굴 일지》는 세파에 흔들릴 때마다 그녀에게 삶의 나침반이 되었다.

  모자는 도량에 들어서자 금강계단으로 향했다. 한 걸음 한 발자국 숙연한 마음으로 금강계단을 돌았다. 경건하고 신령스러운 기운에 압도당한다.

  신라 643년 선덕여왕 시절 중국 유학을 마치고 귀국한 진골 출신 자장율사가 스님으로서는 가장 높은 지위인 대국통(大國統)이라는 직함을 얻는다. 분황사에 머물며 전국 각 지역의 사찰을 순회 감독, 승가의 지계를 도모하여 통도사는 계율의 근본 사찰이 되었다. 중국 오대산에서 부처님 진신사리를 모셔 와 황룡사와 통도사에 봉안하는 큰 불사를 이행, 최초로 우리나라에 적멸보궁이 조성된 것이다. 금강계단에는 다음과 같이 부처님 가르침을 전하고 있다.

> **만대의 전륜왕이요, 삼계의 주인**(萬代轉輪王三界王)
> **쌍림에서 열반하신 지 몇 년이련가**(雙林示寂幾千秋)
> **진신사리 지금도 남아 있으니**(眞身舍利今猶在)
> **중생으로 하여금 예불을 쉬지 않게 하라**(普使衆生禮佛休)

  한 글자 한 단락을 영혼으로 읽었다. '삼계의 주인' 하고 읽는 순간 부처님을 뵈온 듯 환희심이 차올랐다. 장엄한 영축산의 정기가 온몸을 휘감는 것을 체감한다. 경이였다.

- 전화 주신 능엄주 보살님이신가요?

- 네! 능엄주 맞습니다.

모자는 종무소에 들러 창호가 머물 요사채 방 한 칸을 허락받았다. 창호는 자주 예불에 참석했다. 밤으로는 금강경, 화엄경을 스스로 읽었다. 선재 동자가 53 선지식을 찾아가는 구절이 창호는 흥미롭다. 세 끼니 공양도 달게 먹었다.
 산도 하늘도 같은 빛깔이라는 내원사 계곡 큰 바위에 올라앉아 물소리를 반주 삼아 기타 치고 노래 불렀다. 창호의 영혼육은 정화되고 있었다. 영축산의 수려하고 오묘한 자연 풍물이 창호에게 명의이고 최상의 보약이었다.

봄이 왔다. 영축산 골짜기에 진달래가 발갛게 피고 지고, 숲에서는 수많은 풀, 나무가 초록빛을 발산했다. 산새는 기품 있고 늠름한 소나무 가지를 날아오르며 천상의 멜로디를 뽑았다. 삼라만상 우주 법계가 순조로운 가운데 창호의 심신은 쾌적으로 빠르게 변환되었다. 영축산 골짜기를 자유자재로 넘나들며 노래 부르는 사이, 창호의 선천적 신명은 통도사 청정 도량을 중심으로 날로 상승했다.

 철철 넘쳐흐르는 감로수가 창호에게는 사바세계에서는 볼 수 없는 진기한 음향이었다. 더할 나위 없이 뛰어난 반주자였다.

 창호의 천진성은 사찰의 사부대중과 격의 없이 어울리는 데 유효하게 작용했다. 사법고시, 대학입시 등, 조용한 사찰에 공부하러 온 형들과도 친밀감이 새록새록 돋아났다. 콩떡 한 개도 서로 쪼개 먹었다. 사찰의 행사에도 참석해 형들과 함께 일손을 돕는 데 앞장섰다.

 온 산야에 산복사, 철쭉, 이팝나무꽃이 차례로 흐드러졌다. 시방세계가 푸른 나라로 속속 변신할 무렵 '영축총림 통도사 산사음악회' 현수막이 소나무와 대숲의 바람결에 휘날렸다. 가까이는 부산과 울산 등지에서, 멀리는 서울과 대전, 포항 등지에서 많은 신도와 가족들이 줄을 이어 영축산으로, 통도사로 구름처럼 모여왔다.

 산사음악회의 진행자는 이창호였다. 프로그램 짜는 일에서부터 행사 진행자로 큰스님이 창호를 지명하자 사찰 권속 모두가 찬성했다. 창호의 재능과 순진무구를 알아본 이들의 만장일치였다.

 예술계통의 전문가를 영입하는 사항은 큰스님이 맡았다. 춤과 악기연주 등의 인재를 수소문, 선정하는 일도 큰스님 소관이었다. 모든 절차는 민주적으로 진행되었다. 스님의 청아한 음성으로 법구경 구절이 신천초목을 울리는 한편, 그윽한 찬불가 곡조가 산을 넘고 내를 건너 통도사 도량의 산사음악회를 홍보하고 있었다.

 무대 양옆으로는 산사음악회의 차림표가 조명을 받고 요요하게 돋보였다. 훤칠한 키에 검정 양복, 나비넥타이를 맨 앳된 사회자, 이창호의 출현은 이채였다.

 무대 맨 앞 좌석에 큰스님이, 좌우로는 통도사 스님들과 행정 관서의 관리들, 사부대중, 선남선녀가 금강계단 주변을 꽉 메웠다. 하늘의 별님, 달님도 인간과 자연이 한데 어우러지는 지상의 공연에 감응하듯, 신령스러운 빛으로 그 밤의 서정을 지켜보았다.

- 오늘 상서로운 날, 영축의 위용과 고준한 승풍의 총문, 장구한 역사를 지닌 이곳 통도사에서 유·무정의 인연들로 하나 되게 하는 최상의 향연을 펼치게 되었습니다. 앞으로 우리 영축총림은 숭고한 불교 정신을 선도하는 계율근본 도량으로서, 또한 한국불교의 종갓집이자 대한민국 최고의 총림을 지향하는 수행공동체로서 거듭날 것을 확신하는 바입니다. 이에 발맞추어 눈부신 신록의 계절을 맞이하여 법 향, 솔향 그윽한 통도사에서 산사음악회를 열어 부처님의 자비희사(慈悲喜捨) 자타불이(自他不二) 정신을 세세생생 길이 빛내고자 합니다. 맑고 향기로운 통도사의 밤, 소박하고 격조 있는 산사음악회가 소통과 화합, 힐링의 장이 되기를 기원합니다.

 큰스님의 인사 말씀에 이어 내빈 소개가 진행될 때였다. 금강계단으로 성큼성큼 걸어오는 큰 그림자, 그는 이시철 씨였다. 순영의 가냘픈 모습도 알아볼 수 있었다.

산사음악회는 식순에 맞춰 여법하게 진행되었다. 영축산 소나무 숲에 맑은 노래가 흐르고, 평화로운 바람이, 도도한 달빛이, 가없는 부처님 사랑이 골짜기마다 흘러넘쳤다.

L 스님의 바라춤에 이어서 창호의 기타 연주와 〈마이 웨이〉 독창이 울려 퍼진다. 사람들은 일제히 박수를 쳤다. 자리에서 일어나 두 손을 마구 흔드는 열광파도 있다.

… 난 내 인생의 진로를 계획했고 그 길을 따라
한 걸음 한 걸음 최선을 다해 걸어왔어요.
그리고 그 무엇보다 중요한 것은
나는 내 방식대로 살아왔다는 겁니다.

울울창창한 소나무 숲과 계곡의 물소리, 숲을 지나는 바람과 산속에 둥지 튼 뭇짐승과 푸나무 등, 수억 겁의 유정 무정 인연 중생이, 하늘의 별과 달, 승과 속이, 그 밤 완벽한 화음을 이루었다. 창호의 〈마이 웨이〉 선율은 천상천하 유아독존을 외치듯, 시방 법계로 굽이굽이 파도쳤다.

마지막 순서는 신도합창단의 산바람 같은 코러스가 산사음악회의 마지막을 격조 있고 경건하게 마무리했다. 관중석에서 한 남자가 손수건을 눈으로 가져갔다. 무지갯빛 조명 속에 또 하나의 형상이 비쳤다. 창호의 든든한 후원자 담임선생님이었다. 통도사의 거룩한 밤은 환호하는 뭇 중생을 보듬어 안고 점점 깊어갔다.

𝄞

 언니의 방은 안채에서 멀다. 뒤란의 목욕탕 건너편에 작고 아담한 화단이 펼쳐진다. 그 작고 아담한 화단을 바라보는 위치에 있다. 그 방은 처음 집을 건축할 당시에는 설계도에 끼워 넣지 않은, 별채처럼 호젓한 방이었다.
 화단은 키 낮은 채송화와 봉선화, 박하 향기를 뿜어내는, 꽃이라기에는 좀 미미할 듯싶은 허브 종류와 노란 꽃을 피우는 키다리 화초가 멀대같이 서 있었다. 늦가을 서리가 내릴 때까지 꽃을 피우는 황국도 소복하게 무리 지어 있고. 번식력이 왕성한 꽈리나무도 여러 그루 있었다.
 은희는 말라리아 약이 독했던가. 약을 먹으면 이내 잠을 잤다. 한숨 자고 일어나 방 안을 두리번거린다. 어머니가 안 보인다. 어머니의 행방을 찾아 언니의 방을 향해서 걸어간다. 언니의 방은 대청마루로 쉽게 건너갈 수 있는 거리는 아니었다. 부엌을 지나가야 했다. 운동장처럼 길고 넓은 부엌은 장작이며 솔가지가 가득 쟁여 있다. 나뭇간이 정글처럼 깊숙하기까지 해서 동네 아이들이 숨바꼭질하기에 적합했다.

낮 꿈에 나타났던 달걀귀신이 불쑥 모습을 드러냈다. 은희를 노려보며 히히히히, 기괴한 웃음소리를 낸다. 은희가 걸음을 멈춘다. 은희에게 달걀귀신의 출현은 상당한 공포심을 끼쳤다. 달걀귀신은 웃음소리가 기괴한 것 말고도, 형체 역시 불꽃 위에서 뭉글뭉글 익어가다 팡! 터지는 밀가루 반죽처럼 뒤죽박죽이었다. 몸 색깔은 흑갈색에 가까웠는데 형체보다 더 못 견딜 것은 소름이 쫙! 돋는 그 웃음이었다.

은희가 말라리아의 특효약이라는 키니네에 취해 잠든 사이 달걀귀신은 본래보다 더 부풀어 올라 나중에는 언니의 방 건너편에 있는 목욕탕 처마에서 지붕으로 스멀스멀 굴러갔다. 둥글고 큰 눈망울은 요사스러운 광채를 뿜어낸다. 비누 거품처럼 허공을 자유자재로 날기도 했다. 커다란 머리통 속에 팔도 다리도 숨겨져 있던가. 은희가 아플 때 더 자주 보이는 달걀귀신! 그건 하체는 없고 머리 부분만 뭉쳐 있는 달걀을 닮은 괴물이었다.

- 악! 엄마야!

은희가 소리쳤다. 그 소리는 은희의 목구멍 안으로 잦아든다. 뒤란은 고요하다. 무슨 비밀을 품고 있는 듯, 잔뜩 긴장감이 감돌았다. 은희는 부엌 문지방을 타 넘다가 더 나아가기를 멈춘다. 달걀귀신이 무서웠다.

언니의 방에서는 별다른 기척이 없다. 어머니의 말소리가 워낙 조곤조곤해서 혹 언니의 방에 어머니가 오지 않았는가. 언니도 목욕탕 지붕에서 가로세로로 무한 확장되는 달걀귀신이 무서워 방에서 나오지 못하는 것은 아닐까.

언니의 방엔 은희가 평소에 만나지 못한 귀한 것들이 있다. 파카 만년필이었다. 달걀귀신도 언니의 파카 만년필에 대해서 알고 있을까. 은희는 달걀귀신을 떠올리자 자신도 모르게 뒷걸음질을 친다.

언니의 만년필은 오래전에 출시된 단일 품목으로, 전 세계에서 가장 널리 사용된 '파카 51'이다. 필기에 적합한, 손에 쥐기에도 좋은 적당한 굵기였다. 튼튼한 몸체와 잉크 마름을 방지하는 은회색 뚜껑의 단순한 구조였다. 학생들이 책가방에 잉크병과 펜촉을 준비하던 시절이므로 파카 만년필의 가치는 대단했다.

1888년 미국에서 교사로 재직하던 조지 새포드 파카(George Safford Parker)는 잉크가 자주 새는 당시의 만년필을 개선하기 위해 직접 만년필을 만들기로 결심하고, 끊임없는 연구와 실패를 거듭한 끝에 파카 만년필을 탄생시켰다. 파카 만년필은 굵직굵직한 역사적 사건에서도 많이 사용되었다. 그 대표적인 예가 2차 세계대전 종전 당시 도

쿄만의 미주리호에서 열린 일본군의 항복 서명에 맥아더가 파카 듀오폴드 빅레드를 사용했으며, 유럽에서의 독일 항복 서명 때 아이젠하워는 파카 51을, 장 드 라트르 드 타시니 프랑스 장군은 듀오폴드를 사용하였다. 가장 최근에는 테레사 메이 영국 총리가 브렉시트 합의문에 서명할 때도 듀오폴드 인터내셔널 모델을 사용하였다. 일반인에게는 희귀했지만 당시 그들 신분으로는 보편적인 필기도구였다고 볼 수 있다.

파카 만년필은 유명 인사들의 우수한 필기도구였다는 것이다. 학생들의 입학과 졸업 선물, 또는 청춘남녀 결혼 예물로 사용될 정도로 귀한 물건이었다. 특별한 직업, 명성 있는 작가라든지, 판결문을 작성하는 판사님, 대학교 교수라든가 총장 직위에 있는 분, 외국 여행을 가서 만년필을 사 올 수 있는 상위 신분에 속하는 사람들, 대개 그런 부류에게 필수였다.

주희는 고교에 입학하면서 아버지로부터 파카 51을 선물받았다. 그것을 사용한 것은 상훈 씨를 알게 된 이후부터였다. 평소에는 곱게 모셔만 둔 만년필이었다. 상훈 씨는 은희네 집안은 물론, C시에서 동경과 찬사를 받는 출중한 청년이었다. S 대 재학 중 사법고시에 합격한 인재였다.

은희는 학교에 갈 준비가 완료되면 뒤란의 주희 방으로 간다.

— 은희야! 이거 학교 가는 길에 상훈 씨한테 전해주고 가렴!

 언니는 편지와 하얀 보석 같은 얼음 사탕 한 개를 은희 손바닥에 놓아주며 윙크했다. 은희도 방긋, 미소를 띤다. 상훈 씨는 은희의 학교 근처에서 임시 하숙을 하고 있고, 그는 머지않아 서울로 간다고 했다. 은희는 언니의 편지를 떨쳐 들고 대문 밖으로 뛰어갔다.
 은희가 상훈 씨를 만나는 날은 말라리아도, 달걀귀신도 무섭지 않았다. 언니가 파카 만년필로 쓴 편지 때문이었다. 은희는 갓난아기 때부터 연필이든 만년필이든 필기도구를 좋아했다. 긴 막대만 보여도 그걸 주워다 땅바닥에 글씨를 쓰곤 했다.
 상훈 씨에게 언니의 편지를 전할 수 있어 은희의 등굣길은 언제 말라리아를 앓았던가 할 정도로 기운이 씽씽 났다.
 파카 만년필은 값도 제법 비싸서 중학생인 큰오라버니는 언니의 만년필을 감히 욕심내지 않는 것 같았다. 학교에 가져가기도 조심스러운, 고급이고 고가여서뿐 아니라 주변에서 파카 만년필을 소지한 사람이 드물었다.
 은희는 언제고 한번은 그 만년필을 만져보고 싶었고, 언니처럼 하얀 종이에 무엇이든 한번 써보는 게 꿈이었다.
 성격이 깔끔한 주희는 파카 만년필을 허투루 놓아두는 일이 없다. 쓰고 나서 곧바로 뚜껑을 닫아 고상하게 보이는 케이스에 보관하기를 한 번도 거른 적이 없는 것 같았다.

일요일, 어머니와 언니가 외출했다. C 시에서 제일 큰, 은희 외숙모가 운영하는 시내 양장점으로 새 옷을 맞추러 가는 눈치였다. 상훈 씨가 서울로 가기 전에 양가 부모님과 당사자, 그리고 가까운 친척 몇 분을 모시고 약혼식을 올릴 계획이라고 했다.

은희는 어머니와 언니가 외출하자 곧바로 뒤란으로 달려갔다. 언니의 방에 한 발 들여놓았다. 언니의 방은 정리 정돈이 잘돼 있어 무엇 하나 건드리기가 쉬워 보이지 않았다. 은희의 관심은 오직 파카 만년필이었다. 파카 만년필은 바로 책상 한편에 놓여 있었다.

은희는 가슴이 두근거렸다. 조심조심 파카 만년필을 꺼냈다. 홀린 듯 그것을 바라본다. 가슴에 품는다. 가지고 싶었다. 누군가가 뒤란으로 오는 기척이 들렸다. 모르면 몰라도 순남이도 주희가 중국어 발음 연습을 하는 새벽 시간 얼마를 제외하고는 늘 고요를 간직하고 있는 주희의 방이 궁금할 터였다.

은희는 미끈하게 잘생긴 파카 만년필을 양손으로 쓰다듬고 나서 손 빠르게 케이스에 넣었다. 만년필로 글씨까지 쓰지는 못했지만 마음이 뿌듯했다. 언니의 방을 나왔다, 나올 때는 목욕탕 뒤의 샛문으로 빙 돌아 대문으로 들어갔다.

파카 만년필에 푹 빠져 있는 동안 은희는 목욕탕 지붕 위에 달걀귀신이 나타났는지 알아차리지 못한다. 어떻게 하면 선명하고 날렵하게, 술술 미끄러지듯 잘 씨지는 피키 만년필을 가질 수 있을까. 초등 2학년 국어 실력으로 예쁜 동시를 써볼 수 있을까. 말라리아에 걸려 자주 학교도 결석하고, 달걀귀신에 홀려 고통을 당하는 은희의 유일한 소망이었다.

 주희의 방은 어머니를 제외한 단 한 사람, 상훈 씨가 오면 문이 활짝 열린 상태였다. 그는 아버지의 사업파트너, 진천 지역의 유지 나정우 씨의 큰아들이기 때문이었다. 장차 언니와 함께 대만으로 부임한다는, 나상훈에 관한 찬란한 소식이 지난여름부터 시중에 나돌았다. 주희와 나상훈의 혼담은 그들이 어린아이 때 양가 부모끼리 언약한 바였다.
 아버지는 파카 만년필이 주희에게 유효하게 쓰이게 될 것을 미리 예측이라도 했던가. 그렇다면 은희도 장차 파카 만년필로 멋진 시를 쓸 수 있다는 희망을 품어도 이상할 게 없을 것이었다. 은희는 편지 배달부가 된 것이 마치 그 예행연습이라도 되는 것처럼 즐기고 있다.
 얼음 사탕이 은희의 입안에서 거의 다 녹아갈 즈음, 한동네 사는 강미혜가 나타났다. 은희의 5학년 작은오빠는 저 앞에 멀어져 갔고 은희 혼자 뒤에 처져 걸어가는 중이었다. 한 손에 파카 만년필로 쓴 언니의 편지를 들고서.

 – 야! 박은희! 거기 서!

 명령이었다.

- 너 그 편지 이리 내놔!

- 안 돼요! 이건 우리 언니 심부름이라고요.

- 안 내놓으면 너 오늘 학교 못 간다! 알았니? 이 꼬마야!

강미혜가 달려들었다. 은희의 손에 든 편지를 우악스럽게 잡아챘다. 그리고 도망쳤다. 은희가 그 자리에 주저앉았다. 앙! 울음을 터트린다. 지나가던 학생들이 우! 몰려들었다.

- 어? 박동수 동생이잖아. 박은희! 너 왜 울어?

- 우리 언니 편지를~.

오빠 친구들에게 편지 빼앗긴 이야기를 했다.

- 괜찮아, 은희야! 학교 끝나고 편지 찾으러 우리 다 함께 가자!

일찍 수업을 마친 은희는 복도에서 5학년 오빠의 수업이 끝나기를 기다리다 몸속 깊이 말라리아 병균이 설치는가, 오싹 한기가 나고 떨렸다. 미열도 있다. 오빠와 오빠 친구들이 은희를 앞세우고 C 시의 동북쪽에 있는 강미혜 학교로 찾아갔다.

- 교무실로 가자! 강미혜 그 누나를 찾아달라고 부탁하자!

얼마 후 강미혜가 그들 앞에 모습을 드러냈다.

- 우리 언니 편지 주세요! 그 편지 우리 언니가 나에게 심부름시킨 거라고요.

- 남의 편지를 뺏으면 됩니까. 어서 편지를 애한테 주세요!

은희 오빠와 오빠 친구들이 은희를 응원했다.

- 오우! 그래서 너희들이 이렇게 나를 불러냈다고? 저런! 안됐다. 그 편지 내가 벌써 상훈 씨에게 전해주었어. 난 또 뭐라고. 걱정 말고 집에 가거라. 자아! 이거 가다가 눈깔사탕 사 먹어!

- 은희야. 너희 언니 편지는 잘 전해줬다니까, 그럼 됐지?

순진한 아이들은 강미혜가 눈깔사탕 사 먹으라고 준 돈 몇 푼에 쉽게 넘어간 것일까. 그 편지가 언니의 파카 만년필로 쓴 편지라는 것을 그들은 알 턱이 없다. 몇 날이 흘러갔다. 주희가 은희를 불렀다.

- 은희야! 내가 부탁한 편지 잘 전했겠지? 상훈 씨가 집에 계시든?

- 응? 음!

- 은희! 너 왜 대답이 그러니? 너 어디 아파?

언니가 은희 머리에 손을 얹고 열을 잰다.

- 얘 좀 봐! 머리가 뜨겁잖아. 너 말라리아 아직 안 나았구나!

언니의 편지가 반쯤 찢긴 상태로 강미혜 손으로 옮겨 간 그날, 은희는 밤새 앓았다. 은희가 끙끙 앓아누운 것은 단순히 말라리아 때문만은 아니었다. 은희가 울음을 터트렸다.

- 무슨 일인데 울고 그래? 학교에 못 가서 속상해서 그러는 거지? 의사 선생님이 주신 약 먹으면 괜찮아. 곧 나을 거야!

언니의 파카 만년필이 노트 위에 놓여 있다. 은희의 눈물 어린 눈에 만년필이 살아서 꿈틀거리는 물체처럼 보였다. 당장이라도 하얀 종이 위를 미끄러지며 향기로운 글줄을 풀어놓을 것만 같았다. 파카 만년필을 보는 순간 은희는 달걀귀신이 나와도 무서울 게 없다. 은희에게는 강미혜가 달걀귀신보다 더 무섭다. 눈물이 글썽해진다. 은희에게 언니가 물었다.

- 어서 말해봐! 언니에게 할 말 없어?

- 언니! 그날 있잖아.

은희가 손등으로 눈물 자국을 지우며 입을 열었다.

- 학교 가는데 강미혜 그 사람이 내 손을 꽉 이렇게 비틀고 편지를 뺏어 갔어.

은희가 제 손을 비틀어 조이는 시늉을 했다.

- 저런! 그게 강미혜라고? 오빠하고 같이 가지 않고 너 혼자 학교에 갔어?

- 오빠가 나보다 앞에 갔어.

은희가 입을 비죽거리며 울기 시작했다.

#

- 여보! 이리 좀 들어와 봐요!

출장에서 돌아온 박형규 사장이 주방에 있는 어머니를 사랑방으로 호출했다. 어머니가 앞치마를 벗어놓고 사랑방으로 갔다. 어머니가 자리에 앉기도 전에 아버지가 물었다.

- 큰애는 집에 있소? 나 없는 동안 무슨 일이 있었소?

- 무슨 일은요, 은희가 얼른 낫지 않고 또 말라리아에 걸려 학교를 결석한 것 빼고는요.

- 음! 강천수 부장이 수상한 말을 하는데, 자기 딸이 나상훈 군하고 약혼했다고 하더라고. 우리 딸 주희랑 약혼식 하기로 진즉에 언약한 것 아니겠소. 필시 무슨 곡절이 있을 것이오.

- 뭐라고요? 약혼식 날짜도 받아놓고 장소도 정했는데, 이를 어째요?

- 내가 나가서 정황을 자세히 알아볼 테니 임자는 큰애를 잘 지켜보아요.

박형규 사장이 자리에서 일어나 대문 밖으로 나갔다.

- 순남아! 너 얼른 가서 주희 좀 안채로 건너오라고 해라.

순남이는 은희가 학교에 가면서 주희의 편지를 보란 듯이 떨쳐 들고 가는 것을 보았다. 그런데 왜? 무슨 일이지? 순남이는 부엌을 폴짝 뛰다시피 뒤란으로 내달렸다. 주희가 안채로 건너오자 어머니가 다시 분부했다.

- 순남아! 은희 방에 가서 그 애가 열이 많지 않거든 이리 데리고 와!

- 어머니한테 말씀드리려고 했어요. 은희가 학교 가다가 강미혜한테 제 편지를 빼앗겼다고 해요.

- 뭐? 네 편지를 강 씨네 그 말괄량이한테? 아니 그게 무슨 일이냐?

- 상훈 씨가 은희를 귀여워하고 은희도 편지 들고 가는 걸 워낙 좋아해서, 아픈 애고 하니까 그냥 두고 본 것인데~.

은희가 순남이 등에 업혀 방으로 들어왔다.

- 우리가, 작은오빠하고 오빠 친구들이랑 강미혜 그 사람 학교로 찾아갔어요. 편지 달라고요.

은희 선에서 해결하려는 의도였다. 어머니도 주희도 은희를 나무랄 수가 없다. 주희는 아버지가 출장에서 귀가하고 곧 다시 외출한 것이 마음에 걸렸다.

박형규 사장의 사업은 강천수 부장과 사사건건 얽혀들었다. 툭하면 호출해서 힘들게 했다. 대부분 일이 정상적으로 풀려나가기는 했지만 시일이 지연됨에 따른 경제적 손실은 막대했다. 해외에서 들어오는 상품보다는 해외로 발송되는 항목에 대한 사안이었다.

박형규 사장은 원칙주의자였다. 그 원리원칙이 비정상적인 사고방식을 가진 부류에게는 타도 대상이었다. 하자가 없는데도 소환장을 보내 겁주고 주변 사람들을 번거롭게 했다. 권력을 앞세운 일종의 업무방해였다.

강 씨네는 아들 셋과 딸 하나를 두었다. 강미혜는 막내였다. 키가 작고 통통한 편인 그녀는 학업에는 별 관심이 없는, 자유분방한 성격으로 알려져 있었다.

- 하필 왜 우리 딸의 배우자가 될 사람을….

상훈 씨 부친 나정우 사장 일가와 박형규 사장 일가는 어제오늘 친분이 아니었다. 어머니가 박씨 가문으로 시집오기 전부터 두 집안은 절친하게 지낸 사이였다.

어머니는 주희가 서울에 있는 대학이 아니라 나상훈을 따라 대만에 가서 그 지역 대학에 진학한다고 했다. 언니의 중국어 연습은 새벽마다 온 집 안을 울렸다. 언니의 음성이 글자에 따라 시시로 높아졌다 낮아졌다 변화했다. 봄바람을 타고 강물이 흘러가듯 사성조 운율이 자연스러웠다.

- 그 집 여아가 어지간히 드세야지. 전에도 흉한 말들이 나돌았어.

은희가 순남이 손을 잡고 제 방으로 가는 것을 바라보며 어머니가 말했다.

- 강 씨네 딸이 은희 편지를 뺏어서 전해주었다? 그게 말이 돼?

- 제 실수예요. 누가 그렇게까지 나올 줄 알았나요.

박형규 사장이 돌아왔다. 침통한 얼굴이었다.

- 일이 일 같지도 않게 사람을 고달프게 하는군.

물품 발송 때 누락된 부분에 말썽이 생겼다는 놀라운 소식이었다. 발송한 지 두 달이 다 될 때까지 아무런 기별이 없었다. 장부상 문제가 없고 누락 된 물품도 없다. 코에 걸면 코걸이 귀에 걸면 귀걸이였다. 방해 공작을 하기로 하면 앞으로가 더 힘들 것 같다면서 박형규 사장은 한숨을 쉬었다. 순남이가 차를 가지고 왔다.

- 순남아! 집에 혹 누가 찾아오거든 함부로 들이지 마라!

집 안 창고에는 각종 물품이 산같이 쌓여 있었다.

- 그 정도로 복잡한 거예요?

- 걸고넘어지려 하면 뭐든 빌미가 될 수 있으니 하는 소리요.

주희가 자리에서 일어섰다.

- 주희야! 너무 걱정하지 말아라. 나 사장이나 상훈 군이 절대 그럴 사람이 아니야. 기다려 보자고.

강미혜보다 더 큰 장애는 강미혜 아버지 강천수였다. 강 씨네는 권세와 금력을 동원해서 나정우 사장을 포섭할 게 불을 보듯 뻔했다.

- 며칠 두고 보십시다.

어머니는 묵묵히 고개만 끄덕였다.
주희는 상훈 씨에게 편지를 썼다. 마지막이 될지도 모른다. 타의에 의한 작별이 유감스러웠다. 그녀는 엎질러진 물이라고 여긴다. 파카 만년필은 글 쓰다가 중간, 중간, 잉크를 찍지 않고 한달음에 쓸 수 있어 문맥이 끊어지지 않아 편리했다. 주희는 다른 어떤 필기도구보다 파카 만년필이 익숙했다. 쓰면 쓸수록 글씨체가 더 좋아지는 것 같고, 쓰고 있는 동안 사연이 조금 우울한 것일지라도 쓰는 행위 자체는 주희에게 즐거움이었다. 대학에 진학하면 이 파카 만년필로 아버지 인생을 소재로 장편소설을 써보고 싶었다. 적수공권으로 밑바닥에서 출발, 만난을 헤치고 성공을 거둔, 아버지에 대한 주희의 존경과 감사의 표현일 것이다.

 세상에 나와서 처음 가져본 파카 만년필, 남들은 잉크 따로 펜 따로 챙겨서 학교에 가는데 주희는 파카 만년필을 사용했다. 파카 만년필은 감성적이고 낭만적인 성격의 주희에게 날개를 달아준 것과 같았다. 대학에 진학하면 어려서부터 꿈꿔오던 장편소설을 쓰리라. 상훈 씨를 알게 되면서 자연스럽게 주희는 그 꿈을 향해 한 발 한 발 나아가고 있었다. 파카 만년필은 편지 쓰기도 소설 문장의 기초를 다지는 데도 한 방법, 도움이 될 듯싶었다.

 아버지가 만년필을 선물하지 않았더라면 주희는 감히 편지를 쓰겠다는 생각조차 하지 않았을 것이다. 만년필이 생기고부터 무엇이든 어디에든 자꾸만 쓰고 싶었다는 게 맞는 말이다. 마치 승용차를 가지게 되면 어디든 차를 몰고 나가고 싶듯이. 그런데 그 편지는 지금 어디를 떠돌고 있는가. 혹 강미혜가 찢어버린 건 아닐까. 주희는 후배인 강미혜의 행위를 이해할 수가 없다.

 주희의 방에서 중국어 읽는 소리가 그쳤다. 주희의 낭랑한 사성조 음성이 온 집 안을 생기로 가득 채우던 기억들이 퇴색하고 있었다.

 박형규 사장의 사업이 하향곡선을 그리고 있다. 사소한 건으로 거래가 지체되었다. 앞에서는 만면에 웃음을 띠고 호의를 과장했지만 강천수의 속셈은 음흉했고 안면 몰수였다. 친구 간의 의리가 증발했다.
 어머니는 딸이 약혼식을 올린 후, 대만으로 떠나기 전 혼례식을 올려도 무방할 것으로 내다보았다. 강미혜의 적극적 구애 때문일까. 그 부친의 회유일까, 아무 기별도 없이 시간만 흘러갔다.
 박형규 사장은 두 갈래의 길을 모색했다. 이 선에서 사업을 후퇴할 것인가. 딸의 혼사를 파기하는가의 중대 기로였다.

 - 아버지! 너무 걱정하지 마세요! 저는 일찍 결혼하고 싶지 않아요!

 영리한 주희가 먼저 의사를 표시했다. 주희는 새벽에 근처 공원으로 산책을 나가기 시작했다. 공원 벤치에 앉아서 일기를 적으면서 자신의 내면을 조율해 나갔다.
 그녀는 배신이라든가 인간관계의 소원함에 대하여 그다지 심각하게 생각하지 않았다. 결혼은 애초 그녀의 관심거리가 못 되었다. 부모님끼리 맺은 언약이라 연연해하지 않는가. 주희는 전보다 더 학업에 충실했고 파카 만년필에 의지해 무엇인가를 쓰는 데 열중했다.

- 여보! 주희가 참 대견하지 않아요. 아무런 내색도 없이 공부만 하잖아요.

- 어찌 그 앤들 상심이 없겠소?. 우리가 걱정할까 보아 일부러 그러는 거지요.

#

C 여고 강당은 학부모와 하객들, 졸업식을 축하해 주러 일찍 등교한 재학생들로 웅성거렸다. 사회자가 나와 마이크 시험을 하자 장내는 서서히 정돈되었다. 교장 선생님의 인사 말씀이 있고, 식순에 따라 우등상장 수여, 졸업장 수여가 진행되었다. 강미혜가 재학생 대표로 단상에 올라 졸업생을 위한 송사를 낭독했다. 답사는 전체 수석으로 졸업하는 박주희였다.

주희는 차분히 졸업생 답사를 마치고 계단을 내려갔다. 바로 그때, 강당 뒤편에 서 있는 한 사람이 주희의 눈에 띄었다. 상훈 씨였다. 만나지 못한 동안 그는 병을 앓았던가, 언뜻 보아 수척한 모습이었다. 그의 곁에 바싹 다가서 있는 살집 좋은 여학생이 보였다. 주희는 눈을 질끈 감았다 떴다. 순간 눈앞이 아득했다. 졸업식은 끝났다.

- 박주희! 여기다!

 어머니가 주희에게 외쳤다. 사람들이 출입구 쪽으로 몰리면서 한동안 복작거렸다. 박형규 사장이 주희를 데리고 교장 선생님과 주희의 담임선생님 앞으로 나아갔다. 그는 주희를 잘 지도해 준 스승님들을 치하했다.

 주희는 C 여고 졸업과 동시에 새롭게 태어났다. 집 안에 얌전히 들어앉아 있지 않았다. 서울로 갔다. 어머니가 챙겨준 돈으로 회현동 골목에 작은 방을 세 얻었다. 주희는 김밥을 싸 들고 매일 시립도서관으로 출근했다. 도서관에 들어앉아 소설 쓰기 작업에 들어갔다.
 남산에 진달래, 개나리가 활짝 피어나자 봄빛은 하루가 다르게 푸름으로 변했다. 해 질 녘에 열람실에서 나오면 그녀는 영어 학원에 간다. 낮에 남겨둔 김밥은 버스 안에서 저녁 대신 먹었다.
 사랑 같지도 않은 사랑을 한답시고 파카 만년필로 러브 레터를 쓰던 기억은 그녀의 뇌리에서 지워져 갔다. 사랑을 위한 사랑이었고 편지를 위한 편지였다고 여긴다. 사랑이란 무엇인가. 사랑을 하기는 했던가. 사랑인 척, 그녀는 허영을 부렸던 것에 불과했다. 그녀는 어렸고 세상을 몰랐다.

 주희는 파카 만년필로 러브 레터 대신 소설을 쓴다. 그녀에겐 파카 만년필이 있다. 누구보다 든든한 친구이고 의지처다. 그녀가 소설을 쓰는 한 미래는 흥성한다. 그녀는 수시로 마음을 다스렸다.

 문득 동생 은희가 보고 싶다. 은희가 가지고 싶어 했던 파카 만년필. 이따금 뒤란 방에 몰래 들어와 파카 만년필을 만져보고 좋아하던 동생 은희. 주희는 무엇보다 달걀귀신을 겁내는 은희의 건강이 걱정되었다. 만년필을 갖게 되면 혹 달걀귀신을 망각할 수 있지 않을까.

 그녀는 소설 응모로 돈을 얻게 되면 아버지가 자신에게 준 것과 똑같은 파카 만년필을 은희에게 선물하자고 결심한다. 깊은 밤. 주희는 고향의 부모님께 긴 사연을 쓴다.

 - 존경하는 부모님! 아무것도 염려하지 마세요. 배신! 오히려 저에게 약이 되었어요. 저는 잘하고 있어요. 저를 믿어주세요.

 그날 밤 주희의 파카 만년필이 백지 위에서 춤을 추었다.

𝄞

- 매지사 선생님! 산책 가요! 날씨가 너무 좋아요.

실내는 그녀의 숨소리뿐, 사방의 벽면도 지극히 고요하다. 카톡이 왔다. 충무에서 왔다는 김서영 시인이었다. 그녀가 카톡을 기다린 듯 책상에서 몸을 일으켜 침대로 나앉는다. 창밖에는 간밤에 내린 무서리가 걷히면서, 가을하늘이 오늘따라 더욱 푸르고 맑게 펼쳐져 있다.

- 좋아요! 갑시다!

그녀가 답을 날린다. 꾸물거릴 일이 아니다. 동행이 있을 때 산

책은 더욱 즐겁다. 그들의 일과 중 매우 중요한 항목이다. 코트를 걸치고 마스크를 쓴다. 매지사 숙소를 나와 문을 잠그고 계단을 내려간다. 오래 한자리에 앉아 있어서 다리가 퉁퉁 부었다. 눈비 맞아 꽁꽁 언 나무토막 같다. 다리를 끌다시피 천천히 비탈길을 내려간다.

언덕을 다 내려가면 큰길이 나타난다. 금계국꽃이 파도치는 큰 길가에는 한 번 도착해서 대개는 20, 30분 정도 시내버스가 서 있다. 승객이 많지 않은 한적한 산간 지역에 시내로 나가는 버스가 항시 대기 중이라는 것은 큰 위안이다. 버스는 그녀에게 언제라도 집으로 갈 수 있다는 희망을 갖게 한다. 집은 떠나오고 나면 수시로 그리운 곳이다.

동서 사방에 하루가 다르게 곱게 물드는 첩첩 산의 나무들, 산등성이에서 한가롭게 너울거리는 억새 모습이 밖으로 나온 그녀를 유혹한다. 가을! 가을이 좋아! 가을에 이 적요한 산촌에 온 것이 기뻐! 그녀는 홀로 감격해 마지않는다. 귀래관 숙소에서 나온 김서영 시인과 주먹 인사를 나눈다.

길에는 사람이 전혀 없다. 각종 자동차만 씽씽 달린다. 전에 왔을 때는 길에서 혹은 밭에서 일하는 사람들을 심심찮게 만날 수가 있었다. 마을 주민들은 토지문화재단에 단기 출가 한 입주작가들을 살갑게 대해주었다

코로나19가 극성을 부렸다. 요즘은 고작해야 토지문화재단에 한두 달 둥지를 튼 서생(書生)들 몇 명을 빼고는, 마을 고샅에서 사람

을 찾아볼 수가 없다. 사람들이 잠잠하니 개 짖는 소리도 뜸하다. 자주 내리는 무서리에도 그 나름의 아름다움을 유지하고 있는 들꽃 무더기들이 마을을 지키고 있다. 오직 고요하고 고요하다.

 어쩜 이렇게 사람이 귀하지? 어쩜 이리 한적할까.

 그들은 지극한 고요를 의식하며 구불구불한 마을 길을 올라간다. 한참 걷고 나니 부은 다리가 풀리면서 걷기가 수월하다.

 길 양쪽으로 옥수수와 감자밭이 대종을 이루던 것이 언제부터인가 온통 들깨밭, 고구마밭으로 변해 있었다. 산이 가까워질수록 울타리도 대문도 없는 집, 마당이 휑뎅그렁하게 넓은, 지은 지 오래된 집들이 대부분이다.

 산 중턱에는 새로 지은 예쁜 주택들이 마을을 현대로 탈바꿈하듯, 전보다 많이 들어서 있다. 그 집들 또한 사람이 실제로 살고 있는지, 안 살고 있는지 모를 정도로 무한대의 적요를 품고 있다.

 주변에는 널리고 널린 게 배추밭이다. 그 옆에는 구색을 맞춘 듯 무밭이 있다. 싱싱한 잎새를 척 늘어트린 그 밑으로, 튼실하게 잘 자란 김장 무가 미끈한 자태를 뽐내며 식감을 자극한다.

 그녀는 불현듯 무를 먹고 싶다고 생각한다. 애 서는 젊은 여인처럼 간절하다. 오늘 산책에는 명분이 있고 목적이 있다. 산책 도중에 마을 사람을 만나면 무 한 뿌리 구하고 싶은 열망이 그것이다.

 초등학교 때, 아이들은 누구의 밭이건 그런 것을 생각하지 않았다. 짙푸른 무밭을 지나갈 때, 무작정 그 밭에 뛰어들어 무를 뽑았다. 무를 뽑을 때 손이 호미를 대신했다. 서로 경쟁하듯 낑낑거리며 흙을 판다. 무가 밑동까지 뽑혀 올라온다. 등하굣길이 자그마치 왕복 십 리 이상이었다. 오며 가며 목도 말랐다.

흙 묻은 손 그대로 무 껍질을 다 벗기지도 않고 입으로 가져가기 바쁘다. 달고 시원했다. 기분이 상승한다. 콧노래도 부르고 싶어진다. 아이들은 무를 반쯤만 먹어도 갈증이 가셨다. 남의 밭에서 캐 먹는 무맛은 먹골배, 나주 배를 능가했다.

논두렁은 의자였다. 교복에 흙이 묻어도 부모님들은 관대했다. 아이들이 남의 밭에 들어간 사실을 부모님은 모른다. 무를 캐 먹건 말건 별로 관심도 없다. 초등학교 2학년은 무한 자유로운 영혼이었다.

그녀가 무를 먹고 싶은 건 어린 날의 유쾌한 추억도 한몫했다고 볼 수 있다. 회촌 마을 산책길에서 사방에 널려 있는 무밭을 자주 보기 때문이기도 하다. 무밭을 지날 때마다 그녀는 무를 아삭아삭 씹어 먹는 상상을 하곤 했다.

'딱 한 개, 더도 필요 없어. 한 개면 돼!' 마음속으로 몇 차례나 벼르고 별렀다.

- 뭘 그렇게 보세요? 저는 저 꼭대기까지 올라갈 거예요. 얼른 올라오세요!

시인이 무밭에 넋을 팔고 있는 그녀에게 먼 산을 가리키며 큰 소리로 말했다. 무밭은 대부분 엉성한 철망을 울타리로 삼고 있었다. 멧돼지가 출현하여 무밭을 해칠까 봐 쳐놓은 철망인 것 같았다.

- 나, 지금 억수로 목이 타요. 무 한 개 먹고 싶어요.

시인이 발걸음을 멈춘다.

- 에? 무를요? 물 드릴게요. 제가 오미자차 가져왔어요. 등산하다가 마시려고요.

시인이 가방을 열어 보온병을 꺼내려고 한다.

- 아니, 나는 무요. 무를 먹고 싶은 거예요.

- 에이, 뭘 그런 걸 다?

- 어디 사람 있는지 좀 보세요. 나는 무 한 뿌리 구하고 싶어요.

설왕설래하는 사이 홀연 한 사람의 촌부가 그들 앞에 출현했다. 반가웠다. 산골 마을에서 최초로 만나보는 마을 주민인 셈이다. 한 손에 바구니를 들었다. 무밭의 엉성한 철망에 기어 올라간 넝

쿨에서 울콩을 따고 있다. 바구니 안에는 알록달록한 울콩이 들어 있을 것이었다.

- 아주머니! 안녕하세요? 저는요, 저기 저 산 위에 굴뚝 높은 집, 보이시죠? 거기 임시로 몇 달 지내러 왔어요.

그녀가 아주머니에게 자기소개를 했다. 글 쓰러 왔다고는 말하지 않았다. 글 쓰는 게 무슨 자랑이라고? 봄여름 땡볕에서 농사짓는 사람들에게 글쓰기는 한가로운 신선놀음처럼 보일 수도 있다.

- 죄송하지만 무 한 뿌리만 뽑아주실 수 있어요?

그녀는 매고 있던 가방에서 지갑을 꺼내 들었다.

- 안 돼요! 김장 전에는 못 뽑아요. 다 크지도 않았어요!

단호하다. 무참한 그녀가 구원의 투수인 양, 시인을 바라본다.

- 저기 올라가면 사과 과수원이 있어요. 구경도 할 겸 그쪽으로 가보죠.

시인이 방법을 내놓았다. 과수원에 가면 무보다 더 맛있는 사과가 있다는 암시 같았다. 그녀는 더는 움직일 수가 없다. 그 자리에 폭 주저앉을 것 같다.

- 저는 산책 나오면 저기 저! 보이죠? 그 꼭대기까지 올라가거든요.

시인은 과수원을 말하더니 돌아서서 걷기 시작한다. 그녀는 그 자리에 얼어붙었다. 옴싹도 하지 않는다.

'어쩌면 그렇게 야박할 수가 있어? 단지 무 한 개라고. 무가 인삼이야? 그저 무 한 뿌리라고. 무보다 더한 것이 내게 있어 누가 갖고 싶다고 하면 나는 그냥이라도 줄 거야. 간절한 눈빛을 보라고. 내가 질 나쁜 사람으로 보여? 나쁘긴, 평범한 사람이라고. 김치 담을 때마다 몇 개씩 뽑았을, 흔하고 흔한 무가 아닌가. 마트에, 슈퍼에, 골목길 난전에 무를 쌓아놓고 판다고. 여기는 무가 들판에, 밭에만 있잖아. 마트도 슈퍼도 길거리 난전도 없고.'

긴 사념에 잠긴 듯 잠잠하다. 그녀가 몸을 벌떡 일으킨다. 걷기 시작한다. 시인은 저만치 산등성이로 올라가고 있다. 시인에게 가기도 민망하다. 부끄러웠다. 소위 글 쓰는 사람으로서 체면이 뭉개진 느낌이다. 말 한마디로 자존심을 팍! 구긴 것이다. 시인을 따라가기도 숙소로 곧장 들어가기도 어정쩡하다.

그녀는 몸을 돌려 사방을 돌아본다. 무를 뽑아줄 수 없다는 단호한 아주머니는 보이지 않았다. 시들어 너덜너덜한 울콩 넝쿨만이 그녀의 시선을 붙들었다.

아, 이 목마름! 그것은 단지 김장 무를 보고 느끼는 생리적인 것만은 아니었다. 촌부의 매정한 말 한마디에 그녀의 영혼까지 바싹 타들어 가고 있지 않은가. 단순한 목마름이 아니다. 급성으로 조성된, 얼굴에 화끈화끈 열이 오르는 화증(火症)이었다.

그녀는 사과 과수원을 말하던 시인을 따라가지 않았다. 다리를 건너고 비탈길을 성큼성큼 걸어 큰길로 되돌아간다. 어디에서 힘이 솟았는지 걸음걸이가 날렵하고 신속하다. 회촌교를 지나자 종점에 시내버스가 서 있다. 무작정 버스 안으로 들어섰다. 버스에는 여자 승객 한 사람뿐이다. 그녀는 여자 승객의 바로 뒤에 앉았다.

'그깟 무? 내가 사 올 거야.' 그녀가 마음속으로 외친다.

말로만 듣던 원주 중앙시장, 그녀는 그 위치를 모른다. 자료를 보충하기 위해 집에 갈 때, 한두 번 버스를 타고 고속버스터미널에 가본 것 말고는 원주 시내 지리에 대해서 아무런 기초 정보가 없다. 앞에 앉은 여자 승객에게 길을 묻는다.

- 중앙시장 가려면 어디서 내리나요?

앞에 앉은 아주머니가 고개를 돌린다.

- 오늘 원주 장날이라 저도 중앙시장에 가요! 저 내릴 때 같이 내리시면 됩니다.

안심이다. 앞의 승객 덕분에 마음이 평화롭다. 다정한 이웃 같다. 그녀는 사시장철 읽고 쓰느라 벌겋게 충혈된 두 눈을 지그시 감았다. 얼마를 달렸을까. 사람들이 우르르 내린다. 앞의 승객이 자리에서 일어서며 그녀에게 손짓했다.

- 중앙시장 다 왔어요!

그녀는 그 승객을 따라 버스에서 내렸다.

- 여기가 원일로 중앙시장이에요! 가실 때는 길을 건너서 곧장 가시다가 또 길을 건너세요. 그 앞에 매지 회촌 가는 버스 정류장이 있어요.

앞에 앉았던 승객이 그녀가 응당 출발지인 회촌 마을로 돌아갈 것을 지레짐작한 듯, 가는 길까지 안내해 준다. 그녀의 마음은 굳이 무 한 뿌리를 구매하지 않아도 좋을 만큼, 어미 닭을 따라 나와 봄볕에 조는 병아리처럼 행복하다.
　친절한 원주 시민에게 그녀가 꾸벅 고개를 숙였다. 그 순간 그녀 눈앞에 번다한 시장 거리가 전개된다. 제일 먼저 과일 가게가 보였다. 규모도 제법 컸다. 각종 과일은 싱싱하고 탐스러웠다. 과일뿐 아니라 시장에는 무엇이든 지천이었다.

김장철이 아직 이른가. 그녀가 찾는 무는 얼른 눈에 띄지 않았다. 무가 보이지 않는 것이 아니라 풍성한 과일을 보자 그녀의 뇌리에서 무 탐색이 멈춘 것인지도 모른다. 그녀는 망설이지 않았다. 사과, 귤, 포도를 한 봉지씩 사 들었다.

그래! 잘했어. 그녀는 자기 자신에게 칭찬해 주었다. 게 대신 새우를 산 것처럼 기분이 묘했다. 무는 어디서 사지? 무를 사려고 고민하다 보면 행여 버스를 놓칠 수도 있다. 오봉산 아래 독방에 갇혀 있다가, 시내 중심에 나온 게 얼마 만인가. 원주시의 중심 거리가 생소하다. 그녀는 무를 포기한다.

과일 봉지를 떨쳐 들고서 친절한 여자 승객이 일러준 대로 길을 건너 시장길을 뚫고 나갔다. 곳곳에 사람들이 넘쳐난다. 원주시의 명동인가 보다. 고요하고 고요한 회촌 마을과는 대조적이다.

두리번거리며 가까스로 버스 정류장에 이르렀다. 사람들이 대기 의자에 앉아 있다. 그들은 고개를 빼 들고 전광판을 바라본다. 전광판에는 각 노선버스의 도착 시간이 표시되었다가 금세 사라지곤 한다.

그녀는 사람 구경에 마음이 뿌듯하다. 모르는 얼굴들이 그녀 곁에 다가와 앉았다. 그녀 손에 들려 있는 검은 비닐봉지를 들춰보기도 한다. 어디서 왔느냐고 말을 거는 사람도 있다. 한 아주머니는 서울에서 살다가 손주 보러 원주에 왔다고 한다. 호기심이 많은 원주 시민들이 그녀는 흥미롭다.

  시간이 꽤 흘러갔다. 버스는 쉬이 오지 않는다. 기왕 나온 김에 노트라도 몇 권 살까. 그녀는 일어서서 주변을 살핀다. 잘못 움직였다가 어른 미아가 되거나, 버스를 놓칠까 두려웠다. 그녀는 다시 자리에 앉는다. 한 손에는 과일 봉지를, 한 손에는 버스 카드를 꼭 쥐고 있다. 전광판에 시선을 고정시킨다.

  그때였다. 전광판 쪽으로 다가오는 한 남자가 눈에 들어온다. 어디서 많이 본 사람인데? 마스크 때문에 피차 얼른 감이 안 잡힌다.

  - 선생님! 여기 웬일이세요?

  남자가 그녀를 먼저 알아본 듯, 인사한다. 남자는 양손에 커다란 비닐봉지를 들고 있다.

  - 문혜옥 선생님이시죠?

  남자가 그녀 가까이 다가와 확인하듯 묻는다. 지난봄 세미나에서 만난 이를테면 동종 업자였다.

  - 아! 안녕하세요? 제가 원주에 왔어요. 선생님은 여기 웬일이세요?

- 토지문화재단에 입주하셨군요. 근데 시장엔 어떻게 나오셨죠?

- 과일도 사고 산책 겸 나왔어요.

그녀가 검은 비닐봉지를 들어 보였다.

- 저는 서울에도 집이 있고, 여기 원주에도 집이 있어요. 조용하게 글 쓰려고 두 달 전에 내려왔어요.

남자가 들고 있는 커다란 비닐봉지에는 통배추가 삐죽이 드러나 있다. 그녀의 눈길이 배추에 머문다.

- 제가 혼자 살아요. 김치 담으려고 시장 좀 보러 나왔습니다.

그가 배추의 용도를 밝힌다. 굳이 혼자 사는 것을 강조한다.

- 회촌 가는 버스가 얼른 안 오네요.

그녀가 걱정스러운 듯, 말했다.

- 저도 그쪽으로 가요. 우리 집은 토지문화재단에서 아주 가깝습니다.

남자가 집 방향에 대해서 말했다. 대기용 의자에서 옆 사람들이 시장 본 보따리를 챙겨 하나둘 일어선다. 다른 사람들이 그 자리를 메우느라 부산한 사이, 남자는 방금 도착한 버스에 오른다. 같은 방향이라더니 온다 간다 인사도 없이 가버렸다. 엉뚱한 장소에서 엉뚱한 사람을 만나는 우연, 그 우연은 오래 씹은 껌처럼 찝찝했다.

 그녀는 가방을 열고 집필실 입주 첫날, 오리엔테이션 시간에 받은 버스 시간표를 꺼낸다. 꼼꼼히 들여다본다. 혹 배차 시간표가 어긋난 것은 아닌가 확인한다. 기다리는 시간이 장장 30분이었다.
 시내 외곽으로 가는 버스라 배차 시간이 들쑥날쑥인가. 늦어질 수도 있는가. 웅성거리던 사람들이 하나둘 정류장을 떠났다. 손주 보러 서울서 왔다는 그 여인도 가버렸다. 대기 의자에 남은 사람은 그녀를 포함해 서너 사람뿐이다.
 해가 어슬어슬 넘어가려 한다. 전광판에는 모르는 동네 이름만 떴다가 곧 사라진다. 그녀가 아는 동네라고는 매지 회촌 마을뿐이다. 택시를 탈까 했지만 코로나19 사태에는 좁은 공간인 택시도 무섭다.

 매지 회촌행 버스가 도착했다. 그녀는 과일 봉지를 단단히 움켜쥐고 버스에 올랐다. 빈자리에 앉자마자 눈을 감는다. 밖에 오래 있어서 피곤이 몰려왔다. 버스는 각 정류장을 거치면서 승객들을 내리고 태운다. 종점까지 대략 50분 정도 걸린 것 같았다. 타는 사람이 별로 없다. 나갈 때에 비해 시간이 덜 걸린 듯했지만 왕복 2~3시간은 그녀에게 큰 손실이다.

 종점에서 내렸다. 언덕 위에 매지사 집필실이 보인다. 반갑다. 그녀가 언덕길을 올라간다. 너무 많이 욕심을 냈는가. 과일 봉지가 꽤 무겁다. 열쇠로 문을 열고 숙소로 들어선다. 따뜻한 기운이 느껴진다. 아늑한 숙소를 비워두고 시장길을 헤매다니 그녀는 자신의 무모함에 피식! 웃음이 났다.

 과일 봉지를 열었다. 그것들을 씻어 접시에 담아 놓았다. 접시는 채소밭에 무진장 널려 있는 무가 중앙시장의 과일로 둔갑한 사연을 말해주고 있었다. 그녀는 냉장고를 열고 생수병을 꺼낸다. 생수를 마신다. 생수가 시원하다. 그녀의 폰이 울렸다. 생수병을 든 채로 전화를 손에 든다.

 - 어디세요?

 식사 시간에 종종 자취를 감추거나 하루 이틀 숙소에서 사라지는 K였다. 의외였다. 그녀가 밥 어미라도 되는 듯이 노상 식사 시간을 묻거나, 오늘 밥 있는 요일이냐고 요일을 묻는 것과는 구별되다

 - 매지사 내 방이라고요.

그녀가 짧게 답했다.

'별일이야! 어디긴 어디겠어? 부처님 손바닥 안에서 놀고 있는데.'
 입주할 때는 같은 날 왔지만, 그동안 K와는 산책 한번 한 적이 없다. K는 입주작가들과는 잘 어울리지 않았으며, 따로국밥처럼 혼자 놀았다. 며칠 후였다.

- 저어, 문혜옥 선생님! 혹시 K 선생님 잘 아세요?

주방 직원은 매우 심각한 표정이다. 그녀를 만나려고 식사 시간을 기다린 것 같았다.

- 왜요? 무슨 일 있어요?

꼭두새벽부터 작업하다가 식당에 오면 그녀는 밥주걱을 먼저 든다. 배고픈 시간이다. 접시에 밥을 퍼 담으며, 직원의 질문에 답한다.

- 지금 K 그분 어디 가셨어요? 그분 가족이 전화가 하도 안 돼서 사무국으로 전화하셨대요. 혹 그분 가신 곳 선생님 모르세요?

- 저는 잘 몰라요. 그이가 저에게 늘 밥을 물어봐요. 오늘은 밥을 몇 시에 주느냐, 밥을 주는 요일이냐? 주말에는 왜 밥을 안 주

느냐, 이렇게요. 그것밖에 저는 아는 게 없어요.

- 좀 이상한 것 같아서요. 혼자 중얼중얼 지껄이고, 말도 없이 나가서 식사도 몇 끼니씩 거르고…. 다른 분들도 모두 걱정해요.

- 근처에 시간을 보낼 만한 데가 있나 보죠?

- 이 근처에는 찻집, 카페 그런 곳 한 개도 없어요.

그녀는 퍼뜩, 한 생각이 떠올랐다. 버스 정류장에서 만난 남자. 방금 사우나에서 나온 것처럼 깔끔한, 커다란 채소 보따리를 두 개나 들고 있던 그 남자. 집이 서울에도 있고 토지문화재단 근처에도 있다는, 글 쓰러 원주에 내려왔다는, 그렇다면?
 K는 그녀가 중앙시장에서 막 돌아오자마자 어디 있느냐? 위치를 묻지 않았던가. 매일 밥에 대해서 묻곤 했는데, 그날은 앞말 뒷말 없이 단도직입으로 '어디냐?'고 물었겠다. 순간 그녀의 머릿속에는 한 편의 추리소설이 태동하기 시작했다.

저녁 식사 시간이다. 귀래관과 매지사에서 나온 입주작가들이 시간 맞춰 식당으로 모였다. 집 떠나 입장에서 가장 기다려지는 게 식사 시간이다. 그들은 거의 10~20분 안에 식사가 종료된다. 어찌나 배가 고팠던지 어찌나 밥맛이 좋은지, 그녀는 그 속도를 따라잡느라고 매번 체할 지경이다.

- 어머나! K 그이가 또 안 보이네요?

- 매일 어디를 가신대요?

- 저는 그이가 이것저것 신경 쓰느라고 주말에 먹을 식량을 준비 못 했다고 해서 걱정스럽더라고요.

- 누구는 그만큼 신경 안 쓰고 집 떠나오나요?

- 어떻게 주말 식품을 한 개도 안 사 와요?

- 글쎄요. 코로나19 때문에 서로 이 방 저 방 왔다 갔다 못 하잖아요. 저도 알 수가 없네요.

K의 잦은 외출은 언제부터인가 입주 문객 모두의 관심사가 되었다. 식사 시간을 제외하고는 두세 사람 모이거나 잡담을 하거나 할 수도 없었다. 코로나도 무섭지만, 그것보다는 모처럼 아늑한 숙소와 정성이 깃든 식사, 고요하고 아름다운 자연풍경 등, 양호한 창작 여건을 만나 집필에 몰두하기 때문이었다.

#

 그녀는 자료 보충할 게 있어 1박 2일 집에 다녀오는 길이다. 먼젓번 무 한 뿌리 사려고 외출 시 길을 익힌 그녀는 버스에 오르자 내처 눈을 감는다. 언제나 몸의 피로는 눈으로부터 시작된다. 무엇보다 눈을 쉬게 해주어야 했다. 틈만 나면 어디서든 눈을 감는 게 습관이 되었다. 자료 챙기느라고 그녀는 잠도 설쳤다. 가방 무게도 상당했다.
 종점이 가까워지자 승객이라고는 뒷좌석에 앉은 그녀뿐이다. 버스 문 열리는 소리가 귀에 잡혔다. 그녀가 눈을 반짝 뜬다. 원주 시내를 지나 한적한 시골길로 이어지는 매지 캠퍼스 호수 앞이었다. 몇 정거장만 더 가면 종점이었다. 한 여자가 버스에 올랐다. K였다. K가 버스 안을 휘 돌아보더니 그녀에게 알은체도 하지 않고 앞자리에 앉는다.
 종점에서 버스를 내렸다. 그녀는 가방을 끌고 빠르게 숙소로 올라간다. 숙소로 들어오기 바쁘게 전화벨이 울린다. 그녀가 전화를 받는다.

- 문혜옥 선생님! 작품은 잘 쓰고 계신 거죠?

구내식당 직원이었다.

- 아, 네! 잘 쓰고 있습니다. 제가 지금 추리소설을 쓰고 있어요.

- 매지리를 소재로요? 그것참 재미있겠는데요. 좋은 작품 기대할게요.

그 직원은 무엇을 더 알고 싶어 하는 눈치였다.

K는 그 후 여러 날 식당에 나타나지 않았다. 입주작가들은 합동으로 K를 염려하는 목소리를 냈다. 식사 후 식당을 나오면서, 혹은 차 한 잔을 손에 들고서, 같은 시기에 입주한, 입주동기생인 K가 궁금한 것이다. 그날은 조금 강도가 높은 발언들이 이어졌다.

- 혼자 산보하다가 연세도 있는 분이 방죽에 빠진 게 아닐까요?

- 산책한다고 산으로 올라가다 멧돼지를 만난 건 아니겠죠?

- 계단 내려갈 때 발을 삐끗해서 미끄러지셨나?

- 혹 작품이 잘 안돼서 방 안에서 뭔 일 저지른 게 아닐까요? 첫날부터 얼굴빛이 별로 안 좋아 보였어요.

그녀의 추리에 의한다면 다른 사람들의 이런저런 염려는 허방을 짚는 것이 된다. 그들의 기괴한 한담, 추측의 언어가 너무나 극단적으로 흐르는 것이 어이가 없다. 제각기 소설을 쓰고 있는 것 같았다.

　몇 차례 비바람을 겪으며 나뭇잎이 풀풀 떨어진다. 가을이 매지 캠퍼스의 호수 물빛처럼 점점 깊어 갔다. 입주작가들은 작업에 전력을 다했다. K의 잦은 증발로 해서 무성하던 요설이 자연스럽게 사라져갔다. 매지리의 일상은 이전의 상태로 순조롭게 이어지고 있었다.

　- 어머나! 그이가 또 안 보이네요. 혹시 어디 간 줄 아세요?

　- 새벽에 제일 먼저 빵을 구우러 식당에 나왔잖아요.

　- 며칠 동안 통 안 보이는 것 같아요.

　- 방에 다른 식량을 비치해 놓은 거겠죠.

　- 하긴 나도 계란 한 개 먹고 견뎌요. 추워서 밖에 밥 먹으러 나가기 귀찮아서요.

　퇴실이 며칠 앞으로 다가왔다. K의 존재는 오봉산을 날마다 뒤덮는 가을 안개처럼 점점 희미해져 갔다. 눈에서 멀어지니 마음에서도 멀어지는 추세였다. 입주작가들은 미루던 숙제를 한꺼번에 해치우듯, 창작 작업에 박차를 가했다. 그녀 역시 무 대신 사과를 먹으며 신작 소설에 푹 빠져 지냈다.

- 문혜옥 선생님! 놀라지 마세요.

조용한 매지리의 창작 공간을 두들기듯, 사진 한 장이 날아왔다. 보낸 이는 시조 시인 M 선생이었다.

- 어머머!

검은색 선글라스에 감색 패딩 코트를 맵시 나게 입은 K와 예의 중앙시장의 그 남자가 희희낙락 걸어가는 모습이었다. 원주시의 번화가가 배경이었다.

- 서로 잘 맞는 것 같은데요.

M 선생의 평이었다.

- 노상 혼자서 중얼중얼하고 다니다가 말이라도 나눌 사람이 생긴 거네요.

- 좋은 사람이 생기는 건 누구도 뭐라 말 못 해요. 다 인연인 걸요.

- 여기 글 쓰러 오신 게 아니라 연애하러 오셨나 보네요.

- 연애? 좋죠. 가슴이 다 설레네요.

- 죽어도 좋아. 영화도 있잖아요.

깊어가는 가을에 대화가 통하는 그 한 사람이, 더하여 남녀 간의 따끈한 사랑이 모두에게 선망의 대상이었던가. 그리움의 화신인가. 구구절절 수용이고 긍정이면서 낙관적으로 흐르는 모습이 그녀는 신기했다.

- 자! 들어가서 일합시다. 이분들을 주인공으로 글 한 편씩 써내세요. 호호호.

M 선생의 말이 신호이듯, 그녀가 숙소로 가자 다른 입주작가들도 숙소로, 산책길로 뿔뿔이 흩어져 갔다.

그녀의 추리소설이 완성하기도 전에 매지리 로맨스는 가을 국화처럼 활짝 꽃을 피우는 양상이었다. K는 숙소에 어떤 흔적도 남기지 않았다는 후문이었다.

무 한 뿌리가 견인한 그녀의 추리소설은 잠시 주춤한다. 소설보다 더 리얼한 현실이 전개되고 있기 때문이었다.
 며칠 후 그녀는 무 한 뿌리가 몰고 온 추억 한소쿰과, 신작 장편소설 원고 뭉치를 보듬어 안고 집으로 돌아갈 것이다. 다음 주에는 첫눈이 내린다는 기상청 예보였다.

섬 고양이에 대한 변(辯)

𝄞

 모처럼이었다. 먼 길을 떠난다는 것은 코로나19 이후 생략되거나 거의 잊혀졌다 해도 과언이 아니다. 한번 출타하려면 코로나 때문에 안경에 모자에 마스크까지 써야 하는 게 성가셨다.
 굳이 먼 길, 다른 지역으로의 여행이 반드시 시급하지도, 가고 싶지도 않았다. 가까운 곳은 혹 몰라도 먼 곳으로는 움직이고 싶지 않았다.
 피치 못할 사정이 생겼다. 창작실 지원서를 작성할 때 순진해서 답답한 그녀가 곧이곧대로 정직하게 명시했다. 그것은 소설을 집필할 장소였다.
 작품의 주인공이 유배 산 곳이라고 해서 반드시 현장에 가서 소설을 써야 한다는 당위성은 없다. 현장에 가는 것은 글을 거의 다

쓰고 나서 확인차 가면 될 것이었다. 발에 부상을 입어 오래 움직이지 않던 그녀에게 동작 개시의 시기가 도래한 것인가. 섬이 그녀를 호출한 것인가. 그녀는 집필 장소를 남해 노도 섬으로 지정한 것이다.

꼭두새벽에 집을 나섰다. 집콕의 긴 시간을 잘 견디고 집을 떠날 수 있어 감개가 깊었다. 그녀에게는 여행을 겸하여 장편소설 한 편 저작하려는 웅대한 꿈이 있다. 조선시대 유배객들이 즐겨 찾았다는 용문산의 천년 도량도 이번에 가보고 싶었다. 태어나 최초로 뉴욕 구경 가는 산골 어린이처럼 마음이 둥둥둥, 부풀어 올랐다.

차창 밖에는 아카시아꽃이 흐드러지게 피어 있다. 차창을 통해서, 그녀의 두 눈과 영혼으로 그 매혹적인 향기가 전해지는가. 코끝에 아카시아꽃 향기가 맴도는 것 같았다. 그녀의 어머니 제삿날 즈음에 피어나는 오동나무도 보랏빛 꽃봉오리를 하나둘 벌고 있었다. 눈부시게 아름답다는 오월에 피는 꽃이었다.

여름이 성큼 다가온 것인가. 멀고 가까운 산등성이에 신록이 우거졌고, 신록 틈새에 산 찔레 하얀 꽃이 돋보였다. 무궁화호 기차 타고 태백산에 초파일 기도행사 갈 때, 온통 푸르름 속에서 하얗게 피어나, 바라보는 사람들을 청초한 감수성에 젖게 하던, 영 맑은 선비 같은 조촐한 꽃이었다.

꽃을 보자 그녀는 졸 수가 없다. 어여쁘고 사랑스러운 모습을 눈과 뇌리에 담아두고 오래 기억하고 싶었다. 움직인 것은 잘한 일 같다. 소설을 저작하기 위해 집을 나선 게 새삼 감사했다.

졸음이 밀려와서 졸았는가. 서초동 고속터미널을 떠난 지 두 시간, 눈을 뜨니 금산휴게소였다.
　버스에서 내렸다. 밖으로 나왔다. 하늘도 바람도 맑고 신선했다. 나무 의자에 앉아 집에서 가지고 온 포도를 먹었다.

　차에 올라 다시 졸다 보니 버스는 남해 터미널에 도착했다. 한번 나서기가 어렵지 지루한 줄 모르고 달려온 남해 천 리였다. 바로 택시를 탔고 벽련항에 이르러 배로 갈아탔다. 앵강만 바다 향기인가. 바닷바람은 상긋했으며 물결은 고요하고 잔잔했다.

　- B 선생님이시죠?

　그녀가 가방을 들고 배에서 내리자마자 웬 못 보던 젊은이들이 그녀에게 달려와 인사한다. E 방송국에서 나온 촬영 팀이라고 간략하게 소개했다. 오기 전에 인터뷰 소식은 들었지만 좀 어리둥절했다.
　그녀는 그들이 지시하는 대로 따랐다. 걸으라면 걷고 앉으라 하면 서포 초옥 마루에도 앉고, 그 옛날 서포 선생이 노도 섬에 이르러 손수 팠다는 옹색한 우물가 바위에도 쪼그려 앉았다. 서포 선생이 살았던 초가집 마루에 앉아 동백나무 숲속에 등치가 수백 년 정도 돼 보이는 제일 큰 나무를 쳐다보라고 하면, 고개를 들어 그 동백나무를 고향의 그리운 어머니인 듯, 하염없이 바라보기도 했다. 유배객 서포 선생의 기막힌 심정을 헤아리며 서러운 표정을 지어보라는 주문이었다.

 그녀는 2년 전 서포 김만중 선생을 소설로 엮으며 견뎌낸 노도섬의 고독을 상기했다. 무섭도록 치열한 시간, 피 흘리는 극기의 세월이었다.
 달빛이 구운몽원에 휘장을 두른 듯 펼쳐질 때, 그리움의 언덕에 오르던 일, 꿈에도 잊지 못할 장면들이 그녀의 마음을 흔들었다. 글 쓰다가 서포 선생을 생각하면 눈물이 비 오듯 쏟아져 몇 번이나 자리에서 일어나 검푸른 바다와, 온갖 그림을 그려내는 구름을 바라보곤 했다.
 300여 년 전 서포 선생도 황량한 적소에서 어쩔 수 없이 보고 또 보았을 끝도 없는 너른 바다와 갈매기 떼, 푸른 하늘과 나지막한 산봉우리, 서포 선생을 수시로 울렸을 동백나무 붉은 꽃, 윤기가 자르르한 후박나무, 황금빛 열매를 무수히 달고 있는 유자나무를 바라보며 서포 선생은 그들과 영혼으로 눈빛으로 대화를 나누었으리라. 울고 싶어도 울 수 없는 밤을 삼 년 넘게 보내고 어머니 가신 하늘나라로 떠난 서포 선생!
 그녀는 오늘의 역할에 열중하면서도 또다시 한 맺힌 그리움이 밀려왔다. 전생에 어느 삶이 서늘한 길목에서 서포 선생을 만난 인연이던가. 그녀는 이제 더는 울고 싶지도 슬프고 싶지도 않다. 서포 선생은 그녀가 계속 울어주기를 바라지도 않을 것이었다. 서포 선생은 울래도 울 시간도 없었으니까.《사씨남정기》,《구운몽》, 《서포만필》,《선비정경부인행장》 등을 저작하느라고 노상 식사도 잠도 거르셨을 터이다.

상념에 잠긴 그녀 앞에 고양이가 나타났다. 큰 놈이었다. 지금 막 나타난 게 아니고 배에서 내릴 때부터 그녀 눈에 들어온, 동작이 굼뜬 고양이다. 그녀는 제작진의 지시를 받으며 사진 찍느라 골몰해서 그 고양이를 흘깃 본 것은 한순간에 불과했다.

바닷가에 혼자 나온 고양이가 평소에 못 보던 사람들이 신기해서 촬영 팀 일행을 따라온 것인가. 그녀는 지정된 숙소에 들르지도 못하고, 산악용 차에 옮겨 타고 구운몽원으로 올라간 게 아니던가. 고양이가 뒤쫓아 올 줄 몰랐다. 사람은 차를 이용했지만 멀다면 먼 길이었다.

그해 가을 노도 섬에 석 달 이상 머물며 서포 선생을 소재로 소설을 엮을 당시 고양이에게 먹이를 주었던가. 산책길에서 마주친 적 있는 그때 그 고양인가. 고양이는 몹시 지쳐 보였다.

털은 누런색에 하얀 줄이 섞여 있다. 푸시시한 몰골이다. 두 눈이 유난히 반짝거린다. 예뻤다. 노도 섬에 거주하는 고양이 무리 중에 꽤 잘생긴 고양이였다.

특별한 건 고양이의 배였다. 아랫배가 엄청 불룩했다. 움직일 때마다 고양이의 몸체가 뒤룩거리는 폼이 새끼를 임신한 모양새였다.

그녀는 PD님의 지시에 따르면서 고양이의 행동을 수시로 살핀다. 고양이는 그녀를 언제 만난 것일까. 그녀를 보자마자 배가 고파서

일까.

 그날의 행군은 그녀를 고단하게 했다. 새벽 4시에 잠 깬 다음, 첫 지하철을 타고 노도 섬에 이르기까지 총 여덟 시간이었다. 아침밥은 물론, 점심도 포도 알갱이 몇 개에 그쳤다. 서둘러 일정을 마친 PD 일행이 마지막 배를 타고 돌아갔다.

 그녀는 서울을 떠난 지 무려 열여섯 시간 만에 바닷가에 면한 노도 창작실 C동, 그녀의 레지던스로 돌아올 수 있었다. 서녘 하늘에 노을이 고루 퍼진 아름다운 시간이었다.

 고양이는 그때 그녀의 눈에 확실하게 박혔다. 레지던스에 이르자 잽싸게 문 앞에 대기 중이다. 집 잃은 고양이인가. 섬에 사는 주인집에 변동이 생겼는가. 왜 저 살던 집과 주인을 두고 그녀를 따라다니는가.

 집 안으로 들어서자 집에서 택배 보낸 짐이 그대로 방치되어 있다. 집필실은 무엇부터 정리해야 할지 뒤숭숭하다. 그녀는 우선 배가 고프다. 냉장고에 넣을 것은 무엇 무엇이 있더라? 당장 밥 지을 쌀은 어디에 있지? 허둥대다가 그녀는 무심코 창밖을 바라보았다. 아! 녀석이 아직 있다. 고양이가 머리를 제 가슴에 박고 엎드려 있다. 그녀는 급히 택배 짐을 풀었다. 부스럭부스럭 닭가슴살을 찾아낸다.

2학년 갑반 김문희 어린이는 그날 학교에서 일찍 파했다. 논둑 길로 가지 않고 신작로로 집에 돌아왔다. 집 안에는 아무도 없다. 안방은 물론 부엌에도 뒤꼍에도, 집 안은 텅 비었다. 혹 어머니가 옆집에 마실이라도? 책가방을 책상에 놓아두고 만식이네든 영재네든 어머니를 찾으러 곧 밖으로 다시 나갈 생각이었다.

- 악!

문희가 고함을 지른다. 책상 밑에서 살육이 벌어지고 있다. 집에서 기르던 고양이가 살아 있는 쥐를 물어뜯는 중이다. 문희 등에서 책가방이 바닥으로 떨어진다. 고양이는 쥐의 어느 부위를 물어뜯었는가, 쥐는 찍찍거리지도 못한다. 벌건 피가 노란 장판방 바닥에 흘러내린다. 무서웠다. 흉측한 장면이 하필 책상 밑에서 벌어지다니 놀라웠다.

- 엄마야! 엄마야!

소리를 거푸 지른다. 어찌할 바를 모른다. 고양이는 초등 2년생인 문희의 존재는 아랑곳하지 않는다. 오직 쥐의 살점을 뜯느라 열중한다. 고양이의 의기양양한 모습에 문희는 온몸에 소름이 돋는다.

파리채를 찾아 들었다. 방 안에서 고양이를 내쫓으려는 것이다. 벌건 피가 계속 두려움을 끼친다. 두려움이 용기를 낸다. 파리채를 들고 고양이에게 다가간다. 몸을 낮추고 살금살금 한 발자국 내디뎠다.

- 악!!

나둥그러진다. 미처 파리채를 휘두르기 전에 고양이가 문희의 팔을 할퀴었다. 고양이 발에 피가 묻었다. 문희의 팔에서 흐른 피였다. 고양이는 문희의 팔을 물어뜯고 나서 다 죽어 축 늘어진 쥐를 물고 달아났다.

- 으앙! 앙, 앙, 앙.

문희가 한껏 목청을 높였다. 물린 부위가 아프고 무서웠다. 동네방네가 떠나가도록 한참을 울었다. 집 안은 여전히 적막하다. 어머니는 어디를 가신 걸까. 소리를 아무리 높이 질러도 오시지 않는 걸 보면, 일하는 언니랑 장 보러 먼 데 가신 것 같았다.
책상 밑에 피가 엉겨 붙어 있다. 방에 들어갈 수도 없다. 온몸이 꽁꽁 얼어붙은 것 같다. 갑자기 무섬증이 증폭했다. 더는 울 수도 없다.

고양이 이놈 어디 보자. 감히 나를 물어뜯어? 나타나기만 해봐라! 입술을 깨물었다.

#

- 아니 얘가?

어떤 기척에 문희는 눈을 떴다. 어머니가 돌아오셨다. 일하는 언니도 왔다. 언니와 오빠들도 학교에서 차례차례 돌아왔다.

- 아니 애 팔이 왜 이러니? 너 학교에서 친구하고 싸웠니? 팔에 웬 피 칠이냐?

- 으앙! 으흐흐흑! 고양이, 고양이가 저기, 저것 좀 봐!

어머니는 문희가 가리키는 곳을 보았다. 피, 뻘건 피였다.

- 얘, 두옥아! 저거 얼른 닦아라. 쥐 발이냐 대가리냐? 고양이가 쥐를 잡아먹으면서 너를 할퀴었어?

- 내가 고양이를 내쫓으려고 했는데….

- 저런! 두옥아! 너 얼른 소독약 가져오너라.

어머니는 약이나 발라서 될까 싶지 않았다. 두옥이가 문희를 업었다.

- 어서 가자!

부랴부랴 ○외과로 달려갔다. 의사는 상처 부위를 소독하고 주사를 놓았다. 상처가 덧나지 않게 약도 받아왔다. 한바탕 소동이 지나갔다.

- 악! 고양이!

문희는 잠을 자다가도 놀라 깨서 울먹였다. 어머니는 다음 장날을 기다렸다. 무심천 성둑 넘어 병아리며 강아지, 고양이 등을 파는 곳에 가자고 작심한다. 임자만 나서주면 고양이를 넘겨주고 올 셈이었다. 집에 사람이 없는 날 문희 혼자 얼마나 놀라고 무서웠을까, 어머니는 입술이 마른다. 가슴이 쓰렸다. 천정과 부엌, 헛간에 쥐가 들끓어 고양이를 기른 게 화근이었다. 어머니는 고양이를 처분했다. 그런 사건이 벌어지고 나서 문희는 고양이뿐 아니라 쥐도 겁이 났다.

#

닭가슴살은 연하고 기름기가 제법 돌았다. 간도 적당히 배어 있어 조그맣게 찢어 넣고 밥을 비볐다. 그녀는 그것을 작은 플라스틱 그릇에 담아가지고 집 밖으로 나간다. 물그릇도 함께 대령했다.

고양이는 성실한 문지기처럼 집 문 앞에 앉아 있다. 고개를 쳐들고 사람을 바라본다. 고양이는 총명한가. 이곳에 처음 왔을 때, 새끼 고양이에게 밥을 주던 사람을 기억하는가. 고양이는 당연히 제 밥을 챙겨줄 줄 짐작한 것인가. 고양이는 문희가 조제한 닭가슴살 비빔밥을 먹고 있다.

그녀는 글을 쓰려고 노도 섬에 왔다. 자신보다 섬 고양이 밥 주는 게 더 시급한가? 지금 일의 순서를 망각하고 있다. 값싼 동정심인가. 고양이가 반가워서? 아니다. 고양이의 배, 몸을 움직일 때마다 뒤룩거리는 배를 본 것이다. 그 뒤룩거리는 배 안에 있을법한 새 생명을 배려한 것이다.

창문을 활짝 열었다. 푸른 바다가 눈에 들어오고 갈매기 두 마리가 낮게 날고 있다. 바다를 바라보면서 택배 짐을 풀어 대강 정리한다. 대청소를 시작한다. 읍내에 나가려면 배를 타고 나가서 택시를 타야 장을 볼 수가 있다. 돈도 아끼고 시간을 절약할 겸, 집에서 챙겨온 식료품이 꽤 많은 양을 차지했다. 정리하느라 어수선한 며칠이 그렇게 지나갔다.

그녀는 드디어 책상에 앉았다. 바다가 좌우로 쫙 펼쳐진다. 크고 작은 산봉우리가 보인다. 산봉우리 위로 흰 구름이 제 깜냥껏 도술을 부린다. 반대편 길, 동백나무 숲 쪽으로 난 창문도 열었다. 맞바람이 불어온다. 때도 아닌데 동백나무에 꽃이 피었다. 꽃도 잎새도 반짝반짝 윤기가 흐른다. 공기가 맑다는 증거다. 그녀는 큰 숨을 내쉬고 창밖을 바라본다. 바라보려고 애쓰지 않아도 저절로 시선이 머문다.

섬에 들어오던 날 따라다니던 고양이가 그 자리에 있다. 오늘은 쌍둥이인가. 새끼 두 마리와 함께였다. 오! 저 녀석이 어미가 되었구나! 그러면 그렇지! 그녀의 얼굴에 잔잔한 미소가 어린다. 새끼는 무엇이나 다 예쁘다고 하더니 그 말이 맞는 말이었다. 두 마리 모두 제 어미를 똑 닮았다.

그녀는 갈비탕을 데운다. 고기를 잘게 찢었다. 그릇에 담고 호호 식힌다.

현관문을 열자 쥐보다 클까 작을까, 새끼 두 마리가 도망친다. 어디로 가는가 지켜보았다. 층계의 가장 하단에 있는 네모난 구멍이었다. 사람들이 쉽게 발견할 수 없는 비밀 장소였다. 새끼 한 마리가 그 구멍에 머리를 집어넣으니 꽁무니만 보였다. 한 마리는 이미 구멍에 들이기 안전을 도모하고 있는지 레지던스 문 앞에는 어미 고양이만 남았다.

어미 고양이가 슬금슬금 밥그릇으로 다가온다. 그녀는 멀찍이 서 있다. 사람이 다가가는 데도 어미 고양이는 도망갈 의사가 전혀 없다. 새끼를 위해서 밥이 시급한 것일 게다. 길냥이 노릇이 얼마였는지 어미 고양이의 꼬락서니는 첫날 볼 때보다 더 후줄근하다.

- 잘 먹고 너의 두 꼬맹이 잘 길러라.

그녀는 어미 고양이가 도망갈까 조심하며 문을 열고 집 안으로 들어온다. 선행을 실천한 것처럼 마음이 뿌듯했다. 시간은 쉬지 않고 흘러갔다. 고양이에게 신경을 쓰고 있는 그녀 모습이 생소하다.
 섬에 들어와 적적해서일까. 평소에 그녀는 고양이를 좋아하지 않았다. 2학년 갑반 이후 혐오 동물이었다. 저 아래 섬 주민들은 고양이 서너 마리는 보통이다. 사료를 사서 먹인다고 했던가. 지난번 왔을 때 들은 상식이다.
 집필실까지 찾아온 고양이는 집이 없는가, 밥을 주는 사람이 출타했는가, 세상을 떠났는가. 어떻게 이 섬의 언덕배기에 지어진 외딴 레지던스에 그녀가 올 줄 알고 찾아온 것인가. 고양이는 영물이라는데, 고양이가 언제 그녀를 보았으며, 어떻게 기억하는가.
 그 후에도 고양이는 그녀의 집 주변에서 맴돌았다. 거의 매일 매끼니마다 현관문 바로 앞에 웅크려 앉아 있다. 음식 쓰레기를 버리러 나가면 피하기는커녕 고양이도 줄레줄레 따라왔다.

노도 섬 언덕배기에 작가들의 집 세 채가 나란히 들어선 이곳에서 주민들이 살고 있는 저 아래로 내려가기는 쉬운 일이 아니다. 가파른 비탈길이고 바닷바람이 거센 날은 숲속의 나무도, 사람도 고양이도 다 날아간다. 외출은 엄두를 낼 수가 없다. 아래로 내려가는 것은 배를 타고 읍내 갈 때가 고작이다.

  집 세 채 중 그녀는 바닷가에 면한 집에 살고 있다. 사람이 귀한 섬이어서일까. 고양이가 찾아온 게 반갑고 대견하다. 그녀는 자신의 밥을 마련할 때 고양이의 밥을 챙기는 걸 잊지 않았다.

  섬마을의 운무, 해무는 지독하다. 비 오는 날이 아니더라도 자주 온 천지를 운무, 해무로 가득 채운다. 하늘과 구름, 산봉우리와 산 아래 마을, 마을의 불빛도 보이지 않는다만 회색의 섬이다.

  오전이 지나면서 햇살이 바다 안개를 제치고 환하게 빛난다. 고양이 가족이 집합하는 시간이다. 그녀가 알고 있는 고양이 가족은 어미 고양이와 귀여운 두 마리 새끼였다. 고양이 밥을 마련해 들고 나간다.

  고양이 가족 식사가 담긴 그릇을 집 앞에 놓아주고 들어왔다. 집 안으로 들어오자마자 깜짝 놀란다. 일부러 보려고 기웃대지 않고서도 창밖으로 다 보였다. 갑자기 덩치가 제법 큰, 처음 보는 검은 털 고양이가 등장했다. 섬 고양이 가족의 가장, 어쩌면 새끼 고양이의 아비일 가능성이 높았다.

  검은 고양이가 등장하자 어미 고양이와 새끼들이 밥그릇으로부터 떨어져 도망가기 바쁘다. 검은 고양이는 밥그릇에 머리를 박고 그녀가 준비한 고양이 밥을 게걸스럽게 먹고 있다. 새끼 두 마리가 구멍 안으로 들어가자, 어미 고양이는 그 구멍 바로 앞에 모로 누워 있다. 위험인자로부터 새끼들을 보호하는가. 보초를 서는가. 잠시 후 새끼 고양이 두 마리가 구멍 밖으로 얼굴을 내민다. 그녀가 다가가자 또다시 구멍 안으로 쏙 들어간다. 새끼 그놈들은 이래도 예쁘고 저래도 사랑이었다.

- 이놈아! 그 밥은 산모가 먹을 거였어. 나는 네 녀석을 본 일이 없거든. 썩 물렀거라.

검은 털 고양이는 어디를 헤매다 왔는지 털이 제멋대로 곤두서고 형상이 매우 사나워 보였다. 그녀가 빈 그릇을 챙겨 집으로 들어온다. 배를 채운 검은 털 고양이는 집 주변을 빙빙 돌다가 어딘가로 가버렸다. 고양이 가족이 다 같이 둘러서서 먹어도 남을 만큼 제법 양을 늘려서 준비했다. 많은 양을 검은 털 고양이가 몽땅 먹어 치운 셈이다.

#

오일 쇼크다, 금융위기다, 세상은 먹고사는 문제로 소란스러워졌다. 대기업, 공기업을 시작으로 대량 해고가 발생했다. 날도 채 저물지 않았는데 뒷골목에는 진로 소주병을 끼고 나앉은 룸펜들이 하나둘 나타나기 시작했다. 서울역을 비롯해 노숙자 행렬이 점점 늘어났다. 집으로 귀가하지 못하는 샐러리맨들의 강제 혹은, 자발적 가출은 날이 갈수록 증가추세였다.

 타의로 돌아갈 집을 잃은 것이다. 그들이 잃은 것은 단순히 집이라는 개념이 아니었다. 이제까지 쌓아 올린 삶의 터전에서 낙오자가 되는 것, 사랑하는 가족을 잃는다는 사실이 목을 조였다. 잘되는 것이 있다면 그것은 속속 개업하는 24시간 문을 연, 편의점의 간편 식사였다. 서민들의 일상이 거대한 변화의 물결을 타고 제멋대로 출렁거리고 있다.

 불황의 늪에서 건재한 것은 조상 대대로 탄탄대로를 걸어온 부유층 후예들뿐이었다. 대다수의 서민들이 갈피를 못 잡고 허우적거릴 때, 인철 씨는 하늘의 복을 받았던가. 외국으로 장기 출장을 간다고 통보했다. 긴가민가한다. 사회적 활동이 부족한 그녀에게 속된 사념이 끼어들 여지는 없다. 그냥 믿어버렸다.

 인철 씨의 숨겨진 여자를 만나고서야 그녀는 사태를 파악할 수 있었다. 인철 씨의 정인은 영락없는 고양이상이라고 느껴졌다. 가냘프고 앙증스럽고 그 위에 야무지기까지 했다.

 - 우리가 알기 시작한 건 고등학교 때부터라고요.

목소리는 영악스럽고 표독스러웠다. 그 목소리에 고양이 발톱 수억 개가 포개져 있었다. 지극히 날카롭고, 한번 살갗에 닿으면

피가 흘러내릴 수밖에 없는, 표정과 말씨에도 독화살이 섬뜩했다. 영락없는 묘상 판박이다. 그녀는 어린 날 책상 밑에서 살육에 몰두하던 집고양이를 떠올렸다. 끔찍한 과거사였다.

검은 털 고양이가 얄미웠다. 보기 싫은 건 고양이 가족 전체가 아니었다. 검은 털 고양이의 이기심이었다. 그녀는 다시 고양이 밥을 장만한다. 이번에는 참치 통조림에 밥을 섞는다. 검은 털 고양이가 독식을 하지 못하도록 밥그릇을 지킨다.

- 야옹아! 이 밥 네 거다! 어서 먹어!

어미 고양이가 미리 와서 기다리고 있다. 새끼 두 마리는 세상이 무서운가. 구멍 밖으로 제 얼굴을 살짝 비치다 구멍으로 다시 기어들어 간다. 배가 덜 고픈가. 아직 먹고사는 방식에 익숙하지 않아서일까. 어미가 곁에 있어도 안심이 안 되는가.
　어미 고양이가 밥을 먹는다. 잘 먹어주니 흐뭇하다. 내일은 더 맛난 것을 준비하리라.
　바로 그때였다. 검은 털 고양이가 나타났다. 험한 몰골이다. 산과 들, 숲속에서 연사흘 청개구리 한 마리 구경 못 한 꼬락서니다. 참치 통조림에 버무린 밥을 맛나게 먹고 있던 어미 고양이가 고개를 휙 돌린다. 걸음아! 나 살려라! 밥 먹기를 포기하고 달아난다. 대체 왜일까? 저들은 서로 모르는 사이? 별거 중? 그녀가 검은 털 고양이 앞으로 다가간다. 검은 털 고양이는 도망가지 않는다.

- 나를 어쩔래? 해보려면 해보시지!

검은 털 고양이가 혀를 날름거렸나. 눈을 부릅떴는가. 날카로운 발톱을 쳐들었던가. 흘끔 쳐다보는 폼이 적군 대장의 눈빛이다.

- 사이좋게 함께 먹으면 뭐가 덧나니? 귀여운 새끼랑 어미 고양이를 내쫓고 너 혼자 먹어? 나쁜 놈!

밥그릇은 이미 비워져 있다. 조금이라도 남겨둘 줄 알았던가. 그녀의 사고력은 00년도의 오일 쇼크에 머무는가. 금융위기 그 시절, 아기 기르는 이웃 간에 남양분유 한 통 정도는 서로 나누는 작은 인정이 남아 있었다.

아득히 먼 옛날의 집고양이를 다시 떠올린다. 자연스럽게 그때 그 순간 학교에서 막 돌아와 아무도 없는 집에서 고양이에게 공격을 당하지 않았던가.

검은 털 고양이에게 친화적? 아니다. 섬살이의 고적함? 글 노동의 휴식? 그 또한 아니다.

- 김문희 보호자님! 김문희 보호자 분 안 계세요?

S대 부속병원 부인과 병실. 산모는 산후 대량 출혈로 혼수상태다. 간호사가 큰 소리로 외치는데 알아들을 사람이 그 자리에 없다. 그녀의 혼줄이 정상으로 돌아올지 누구도 장담할 수가 없다. 그녀의 영혼은 먼바다로, 환상의 구름 나라로 여행을 떠난 것인가.

의사가 황급히 달려온다. 간호사가 뒤따라 병실로 온다. 당연히 와야 할 사람은 밤이 깊어도 오지 않았다.

바다 안개 짙은 날 글쓰기에 골몰한다. 과거는 과거다. 열악한 여건에서 새끼 두 마리를 낳은 어미 고양이, 이기적인 아비 고양이, 그들 나름의 삶의 시계, 도표가 있을 것. 그들 또한 과거로 흘러가라!

사랑과 미움, 아쉬움과 미련을 떨치고 평정심을 회복한다. 인간에게도 평정심을 동일하게 적용시킬 수 있을지는 미지수다. 먼 섬에 이르러 엉뚱하지 말기다. 그녀에게 또 하나의 문희가 주문을 외운다. 오직 소설이다! 라고.

𝄞

 탕! 탕! 탕!
 문을 두드린다. 한밤의 정적을 깨는 소리다. 미선이 잠을 깬다. 그냥 맨손이 아니라 무슨 연장, 쇠붙이, 돌 같은 것으로 두들기는 소리 같았다.
 창밖은 컴컴하다. 찾아올 사람은 없다. 미선이 어둠 속에서 벽시계를 더듬는다. 3시가 조금 넘었다. 한겨울에 새벽 3시는 깊은 밤중이다. 잠에서 깨어나기에는 이르다. 대체 누구일까.

 - 여보시오! 문 여시오!

 막무가내다. 두 아들이 그녀 옆에서 깊은 잠을 자고 있다. 미선은 무섭다. 문을 열 수가 없다.

 탕! 탕! 탕!

 더 크게 위협하듯 들려왔다. 그녀가 긴장한다.

 - 내 마누라 내놓으라!

 술주정뱅이로 소문난 귀순네 아바이, 그 남자가 맞는 것 같다. 그녀는 숨을 죽이고 바깥 동정을 살핀다. 무뢰한이 대문을 발로 차고 들이닥칠까 겁도 난다.

 - ㅇ발! 다 때려 부술끼다!

 발악에 가깝다. 그녀는 두 아들이 잠을 깰까 조심하며 창문으로 다가선다. 창문은 길가로 트여 있다. 창문에 기어오르려는가. 식, 식, 거친 숨소리가 들린다. 길길이 뛰다가 길바닥에 나가떨어질 것만 같다. 그녀는 대책이 없다.

 꼬끼오!

 이웃집 장닭이 날이 밝아오는 게 제 덕인 듯 힘차게 울었다. 장닭은 꼬끼오! 한 번으로는 성에 차지 않는가. 날개를 퍼드덕거리면서 몇 번 더 울었다. 꼬끼오! 소리에 창밖이 잠잠하다. 그가 가버렸는가. 그녀가 방 밖으로 나온다. 대문을 빼꼼히 연다. 밖을 살핀다.

- 으악!

미선이 뒤로 물러선다. 대문에 기대 졸던 귀순네 아바이가 소스라친다. 굼틀굼틀 뱀처럼 기어서 몸을 일으킨다.

- 엄마! 엄마!

두 아들이 방 밖으로 뛰어나온다.

- 여긴 우리 집이라고요! 아저씨네 집에 가세요!

귀순네 아바이가 비칠비칠 그녀에게로 걸어온다. 인범이가 소리친다.

- 엄마! 술주정뱅이는 경찰서에 신고해야 해요.

인범, 인철 두 아들이 크게 외쳤다. 귀순네 아바이는 술에 취해서 밤마다 귀순네 엄마를 동네북처럼 두들겨 팬다는 소문이 진즉부터 널리 퍼져 있었다.

- 아저씨 집으로 가세요! 여긴 우리 집이라고요. 어서요.

남자는 입가에 비열한 웃음을 머금었다. 인범, 인철 형제를 노려본다.

- 가란 말이에요! 왜 남의 집에 와서 소란을 피워요?

형제가 소리를 더 크게 질렀다. 새벽의 소음에 귀 밝은 이웃 노인들이 자리를 털고 일어난다. 옆집 할머니가 주춤주춤 다가왔다.

- 세상에 저 꼬라지! 고주망태기잖아. 술 먹을 돈은 어디서 난 거여?

헝클어진 머리칼이며 그가 걸친 누더기에 땟국이 줄줄 흐르는 면상에 대고 이웃 어른들은 입을 모았다.

- 귀순네가 늙은 홀아비하고 살아주는 것만도 과만하다. 나이를 어디루 쳐 먹은 겨? 밤마다 매를 들다니, 짐승만도 못한 인간인기라.

- 묵사발이 되도록 어린 각시 두들겨 패고 여긴 왜 오누.

- 쯧쯧. 어쩌다 예쁜 각시가 묵사발이 됐노? 에그 딱해라. 무슨 몹쓸 짓을 했다고 노상 삼복에 개 패듯 두들겨 패는가 말이여.

귀순네 아바이가 비칠거리며 제집 골목으로 사라진다. 그때였다. 귀순네 엄마가 불쑥 나타났다.

- 에그머니나!

사람들이 뒤로 물러난다. 얼굴, 팔, 목덜미, 눈에 보이는 부위가 시퍼런 피멍투성이다. 이웃 어른들 말대로 묵사발이다. 묵사발은 인정사정없이 얻어맞아 얼굴과 몸뚱이가 형편없이 깨지고 뭉개진 상태, 악을 바락바락 쓰고 달려들다 몸이 사금파리처럼 깨지고 망가진 상황, 치열한 전투에서 전신에 총상을 입은 부상병을 떠올리게 하는 말이 아닌가.
귀순네가 바락바락 악을 썼던가. 그래서 묵사발이 되도록 얻어터졌는가. 무섭고 험악한 기운을 연상시키는 묵사발, 그 묵사발이 된 여자는 20살이 되었을까 넘었을까, 각시는커녕 앳된 소녀였다. 애만 여럿 낳았을 뿐, 체구도 자그마한 데다 얼굴 피부는 가무잡잡했다. 묵사발에도 불구하고 코가 오뚝하고 이마가 번듯한 게 윤곽이 제대로 잡힌, 나름 귀여운 구석이 있는 여자였다.

- 아줌마! 저 좀 숨겨주세요! 집에 가면 맞아 죽어요.

미선이 대답할 틈도 없다. 귀순네가 집 안으로 몸을 들이민다. 어린 여자는 붙임성이 좋아 사람들을 잘 따랐다. 그 붙임성이 늙어 혼자 된 귀순 아바이를 만나게 한 동기일까.

- 눈이 삐어도 분수가 있지. 왜 하필 용도 폐기물 같은, 팍 삭은 늙은이야. 뭐 바라볼 게 있다고 애를 셋이나 낳아?

미선은 이런저런 마을 어르신들의 말을 듣고 있다. 묵사발이 된 피투성이를 집에 들일 수도, 그렇다고 내치기도 어정쩡하다.

두 아들이 학교에 가자 귀순네는 아예 마루에 몸을 눕힌다. 그녀가 부엌을 정리하는 동안 마루에서 코 고는 소리가 들렸다. 귀순네는 체면도 염치도 없는가.

율곡마을은 도시개발 붐을 타고 타지에서 많은 사람이 대량 유입된 곳이다. 원래 그곳에 터전을 잡고 살아온 사람들보다 타지인들이 훨씬 많은 탓에 빠르게 변화의 흐름을 타는 동네로 탈바꿈했다. 그 흐름을 타고 귀순네도 율곡리 마을의 주민이 되었다.

귀순네는 부부싸움 끝에 실컷 두들겨 맞고 미선에게 왔다. 마을 사람들은 너나 할 것 없이 귀순네를 걱정했다. 작은 체구 탓에 스물도 채 안 돼 보이는 귀순네가 가엽다고 했다. 미선이 귀순네를 받아주는 게 고맙다고도 했다.

원주민들의 텃세가 심한 것을 빼면 율곡리 자연환경은 부지런하기만 하면 그런대로 살 만했다. 산과 들 개천에 먹을 것들이 흔했다. 궁벽한 산촌으로 들어온 사람들은 철 따라 산나물이고 물고기고 원하는 대로 구할 수가 있었다.

도시 변방에서 살다가 이도 저도 뜻대로 일이 잘 안 풀려 산마을로 편입한 사람들이 다수였다. 그들에게 특별한 것은 그 마을 뒷산에 아까시나무, 상수리나무, 도토리나무가 울울한 숲을 이루고 있다는 점이었다. 봄에는 아까시꽃을 따서 밀떡을 만들어 먹었다. 늦가을은 도토리가 지천이었다.

도토리는 탄수화물, 지방, 단백질, 아미노산, 무기질, 비타민, 폴리페놀 등, 건강에 유익한 성분을 함유하고 있다. 특히 쓴맛을 내는 탄닌은 콜레스테롤 수치를 낮추고, 다이어트에도 효과가 있다고 한다. 도토리는 어려운 시절의 구황작물이었다.

도토리는 살림 형편이 어려운 사람들에게 큰 도움이 되었다. 늦가을에 사람들이 총동원되다시피 큰 쌀자루 같은 걸 들고서, 율곡리 뒷산으로 도토리를 주우러 간다. 계절 행사였다.

묵사발로 소문난 어린 여자 귀순네는 도토리를 주우러 갈 때도 그녀에게 왔다. 귀순네가 매 맞고 자주 그녀에게 도망 오는 기미를 귀순네 아바이도 눈치를 챘는가, 두들겨 패놓고 당연한 듯이 미선네로 달려왔다. 도토리 철이 되면 그런 상황은 급변한다.

도토리가 지천으로 널린 가을 산, 청정 자연에서 도토리를 습득한다는 사실은 희소식이었다. 도토리로 묵을 쑤어 막걸리 한잔 마실 수 있다는 희망에 남정네들이 먼저 들뜬다. 피폐한 삶이 다소나마 호전되고 특히 귀순네 가족은 주린 배를 채울 수가 있다. 도토리는 예로부터 흉년에 쌀이나 보리 대신 먹었던 고마운 열매였다.

사람들은 줍는 데만 열심이었지 도토리를 주워다 묵을 쑤어 파는 것은 귀순네가 으뜸이었다. 귀순네에게 도토리를 팔고 대신 도토리묵을 받는 사람들도 있었다.

농업이 주 생계 수단인 율곡리 토박이들은 살림살이가 넉넉한 편이었다. 산에 올라가 도토리를 주울 짬도 없어 보였다. 타지에서 온 사람들이 도토리에 열광하자 토박이 주민들도 새삼스럽게 그 대열에 합류한 것으로 보였다. 도토리가 귀한 줄 미처 몰랐던 것은 아니다. 도토리가 아니더라도 그들은 그 마을에 오래 터 잡고 살면서 식량 걱정을 하거나 굶주려 본 일이 없기 때문이다. 집 앞뒤로 채소밭이 너르게 펼쳐져 있고 쌀농사도 제법 규모가 있는, 본래 그 마을은 생성 당시부터 부농에 드는 지리적 조건을 갖추고 있었다.

미선은 산을 가까이 두고 시골에 살게 된 것을 감사하게 여겼다. 자연과 함께 숨을 쉴 수 있다는 건 행운이었다.

그녀는 산에 올라가지도 도토리를 주우러 나서지도 않았다. 도토리를 가지고 무엇을 하는지도 그녀는 별로 아는 바가 없다. 이슬도 마르지 않은 이른 아침이었다.

- 아줌마! 저하고 산에 같이 가요!

귀순네는 등에 업은 아기 외에 세 명의 어린것을 거느리고, 손에 커다란 포대 한 개를 움켜쥐고 있었다. 귀순네 아바이의 구부정한 몸체도 보였다. 그도 손에 큰 자루를 들고 있고, 아이들 역시 작은 비닐 주머니 같은 걸 쥐고 있었다.

- 늦게 가면 작은 것밖에 없어요. 타동 사람들이 도토리 다 주워 가요. 빨랑 따라오세요!

 귀순네 일가가 휭! 바람을 일구고 가버렸다. 도토리가 여물어 풀숲에 뚝, 뚝, 떨어질 무렵에는 전날 직장에서 야근을 했더라도 허술한 헛간 같은 간이주택에 붙박여 있을 멍청한 남자들은 없다. 도토리 줍는 일은 가족 나들이 겸 일종의 가족 단합대회였다.
 율곡리 뒷산은 도토리를 매개로 한, 마을 사람 집합소나 다를 바가 없다. 빈부귀천 가릴 것 없이, 늦가을 산 풍경에 누구든 마음이 넉넉해진다. 일부러 놀러도 가는데 획득물까지 풍성하게 챙길 수가 있다.
 가을 산이 미선을 유혹했다. 어린 여자, 귀순 엄마에 의해서 자의 반 타의 반 도토리 주우러 가는 대열에 낄 수가 있었다. 언제나 앞장서는 것은, 마을 토박이 할머니가 아니라 소녀 같은 어린 여자 귀순네였다. 어려 보이는 외모와는 걸맞지 않게 그녀는 네 아이의 엄마였으며, 생활 전선의 숙련된 전사였다. 도토리 줍는 데 뛰어난 순발력을 발휘했다. 네 아이 중 한 명은 남자아이였다. 귀순네 아바이의 전 부인이 낳은 아이라는 소문이었다. 그 남자아이도 누나 같은 계모를 비실비실 따라다닌다.

쿵! 쿵!

산 중턱에 이르렀다. 무겁고 음산한 소리가 들려왔다. 그것은 도토리나무가 큰 바위에 얻어맞는 소리였다. 바윗돌을 들어 도토리나무 큰 둥치를 내려치면 쿵! 하는 그 소리가 비명처럼 주변의 모든 산에 울려 퍼진다.

한 남자가 바위를 안고 가서 도토리나무 등걸을 힘껏 내려치고 있었다. 남자들은 서로 교대하면서 도토리나무를 바윗돌로 치는 일을 맡았다. 한 번만 치는 게 아니었다. 도토리 열매가 떨어지고 또 떨어질 때까지 연거푸 쳤다. 도토리나무가 큰 돌에 얻어맞을 때마다 도토리가 무수히 땅바닥으로 떨어졌다. 쿵! 하고 지축을 울리는 그 소리, 사람들에게는 도토리를 수확하는 희망의 전주곡이었고, 도토리나무에게는 고통이 따르는 죽음과도 같은 공포였다.

- 와! 와!

아낙네와 아이들이 고함을 지르며 달려간다. 너도나도 도토리처럼 잽싸게 몸을 굴린다. 풀숲에 흩어진 도토리를 주워 자루에 담는다. 더러는 뱀굴에 떨어져 도토리를 주우러 달려갔다가 뱀을 만나 질겁을 하기도 한다. 다람쥐처럼 몸이 빠른 귀순네 엄마의 자루는 벌써 두둑하게 채워지고 있다.

 - 아줌마! 저기 보세요? 얼른 주워요! 자요!

 귀순네가 도토리를 그녀 앞으로 던져주며 어서 그 도토리를 주우라고 채근했다. 그 목소리에 힘이 실려 있다. 묵사발이 됐을 때와는 확연히 달랐다. 미선은 자신의 발 앞으로 굴러오는 도토리를 보았다. 꼭지 부분에 파란 색깔이 선명한 설익은 도토리, 보기에도 탱글탱글한 풋도토리였다. 마치 그것은 귀순네의 단단하고 야무진 얼굴을 연상시켰다.
 바윗돌에 얻어맞는 도토리나무, 쿵! 하고 내려치는 소리에 사람이라면 악! 하고 뒤로 나자빠질 일이었다. 큰 바위에 얻어맞으면 살지도 못할 것이다. 도토리나무가 대책 없이 얻어맞는 풍경은 그녀에게 비애였다.
 도토리나무가 아파! 아프다고! 부르짖으면서 그 큰 둥치를 뒤틀면, 크고 작은, 열매가 땅으로 곤두박질치는 장면, 아귀 떼처럼 내달려 남보다 더 많이, 한 개라도 더 주우려고 이리 닿고 저리 닿는 인간의 모습, 바윗돌에 맞은 도토리나무 둥치는 움푹하게 파인다. 파인 자리에 도토리나무의 촉촉한 진액이 배어 나온다. 그것은 도토리나무의 피나 눈물처럼 보였다.

큰 돌로 두들겨 패지 않아도 열매가 익으면 저절로 떨어질 것이 아니던가. 우람한 나무의 큰 둥치가 휘둘리도록 마구 쳐도 되는가. 그녀는 도토리를 줍는 사람들을 무연(憮然)히 바라본다. 온몸에 소름이 돋는다. 사람도 도토리나무도 가엾다.

그녀는 도토리를 주우려던 생각이 변한다. 그녀가 몸을 돌린다. 홀로 산길을 내려간다. 손안에 몇 개의 도토리를 꼭 쥐고서.

그 후 그녀는 어린 여자가 도토리 주우러 같이 가자고 부르러 와도 움직이지 않았다. 율곡리 뒷산에 다녀오고 몇 날이 지나갔다. 늦가을 햇살이 유난히 따가운 날이었다.

- 아줌마! 도토리묵 사세요! 제가 만들었어요!

귀순네 엄마가 도토리묵을 만들어 미선에게 왔다. 도토리묵 양푼을 미선에게 디밀었다.

- 이건 왜 갖고 왔어? 다음에는 가져오지 말고 애들이랑 먹어요!

그녀는 당부했다. 지갑을 열고 집히는 대로 돈을 주었다.

늦가을 하늘은 여전히 푸르고 맑았다. 귀순네는 매일매일 산에 갔다. 어둑할 무렵 귀순네 아빠는 큰 자루 두 개를 양어깨에 지고 개선장군처럼 의기양양 마을로 내려왔다.

마을 공터에는 귀순네 도토리가 멍석에서 햇빛 바라기를 한다.

건조시키는 것이다. 따끈한 가을볕에 속 알맹이가 보송보송 마르면 껍질은 절로 벌어진다. 껍질을 제거한 다음 물에 불린다. 귀순네는 이웃집에서 맷돌을 빌려다가 아버지뻘인, 늙은 남편하고 마주 앉아 불린 도토리를 갈았다. 갈아낸 도토리를 물에 담그고 몇 번이고 물을 갈아준다. 고무 함지 바닥에 도토리 전분이 가라앉는다. 전분을 다시 햇볕에 말리면 묵 가루가 된다. 묵 가루에 물을 붓고 끓이면 도토리묵을 만드는 다소 복잡한 공정이 일단락된다. 묵을 만들면서부터 귀순네가 매를 맞아 묵사발이 되어 그녀에게 달려오는 일은 일어나지 않았다.

　귀순네 표 도토리묵이 그 마을에 소문이 났다. 시장에서 파는 묵하고는 맛이 달랐다. 미선은 도토리 줍는 대열에서 멀어졌으나 귀순네가 가져오는 묵은 거절할 수가 없다. 작은 돈이지만 귀순네를 돕는다는 마음도 숨어 있다고 볼 수 있다.
　귀순네 묵은 율곡리 뒷산 청정 자연의 향기를 품고 있었다. 도토리나무가 큰 바윗돌에 두들겨 맞는 것은 안타까웠지만 귀순네의 묵 맛은 그것을 묵과했다. 아이러니였다.
　귀순네의 도토리묵 맛에 반한 이웃들이 한둘이 아니었다. 쫀득쫀득, 고들고들, 찰지면서 적당히 쌉싸름하다. 많이 먹어도 부담이 되지 않는 묵은 날개 돋친 듯 팔려나갔다. 어린 소녀같이 앳된 여자의 묵 만드는 솜씨가 나이보다 옴팍 늙어 있는 귀순네 아바이 기를 살렸던가. 귀순네 살림살이가 도토리묵으로 몇 단계 뛰어올

랐던가. 귀순네는 그 가을 도토리묵의 평화를 누리는 듯했다.

　미선의 생일이었다. 서울에서 친구들이 놀러 왔다. 그녀는 채소와 과일까지 곁들여 도토리묵을 상큼하게 양념했다. 미역국 대신 잘 익은 포기김치를 송송 썰어 넣고 얼큰한 묵국수도 만들었다. 손님들은 대환영이었다.

- 어쩜 얘! 너무 맛있어! 이렇게 쫀득한 묵 처음 먹어보는 것 같아.

- 우리 그이도 도토리묵 좋아하거든. 미선아. 그 애기엄마한테 말해줘. 묵 있는 대로 다 가져오라고.

- 어릴 때 고향에서 먹던 묵장아찌 생각난다.

- 뭐? 묵으로 장아찌도 만들어?

- 우리 어머니는 도토리묵으로 장아찌를 담그셨다! 나도 이 묵 사다가 한번 시도해 볼까 싶어.

　친구들은 세상에 태어나서 처음 묵을 먹어본 것처럼 갖은 수다를 다 떨었다. 귀순네 엄마가 도토리묵 양푼을 머리에 이고 달려왔다. 밤새 불을 때 묵을 쑤어서 굳힌 듯, 윗부분에 거무레한 껍질이 얇게 덮여 있었다. 시중에서는 만나보기 어려운 100% 순수 청정한 자연산이었다.

- 미선아! 네 덕분이야! 네 생일이 도토리 계절이라 더 신난다, 애.

친구들이 묵 보퉁이를 한 개씩 들고 서울로 돌아갔다.

귀순네 집 앞에는 노상 멍석이 깔려 있다. 채취해 온 도토리를 햇볕에 말린다. 이제는 묵 가루도 팔 거라고 했다. 묵보다 묵 가루는 목돈이 들어오는 기회였다. 본격적인 묵 장사로 돌입하는 것으로 보였다. 도토리묵과 그 가루를 팔아 생계가 해결되자 귀순네 가족은 율곡리 뒷산보다 더 먼 곳으로 원정도 갔다.
 미선은 귀순네 엄마가 묵사발이 되도록 얻어맞지 않고 묵을 팔아 살림 형편이 나아지기를 기도했다.
 가을이 점점 깊어갔다. 찬 바람이 불었다. 초겨울로 들어서면서 날씨가 추워지고 율곡리 뒷산에는 낙엽 지는 소리가 스산했다. 바윗돌을 쳐서 떨어트릴 도토리가 남지 않았다. 설사 남았더라도 그건 추운 겨울 다람쥐나 산까치의 밥이 되어야 했다. 자연 산물인 도토리는 인간들만의 전유물은 아니다.
 다람쥐는 도토리를 저장하는 습관이 있다. 하루에도 10여 군데에 땅을 파고 저장을 하지만 다람쥐는 자신이 저장한 곳을 한두

곳 외에는 찾을 수가 없다고 한다. 그 도토리가 이듬해 봄, 그곳에서 싹을 틔워 나무로 자란다. 도토리를 먹고 도토리 씨앗을 퍼트리는 다람쥐 이야기는 곧 우주의 법칙과 질서였다.
　도토리나무는 열매를 다 떨어트리고 임무를 완수한 졸병처럼 깊은 상처에도 굴하지 않고 우뚝 서서 겨울 산을 지키고 있다.

　쿵! 쿵!

　먼 산, 가까운 산을 울리던 도토리나무를 치던 처참한 소리도 뚝 끊겼다. 사람들의 발길이 뜸해지자 산은 적막감이 감돌았다. 귀순네의 가족 행사이던 도토리 줍기는 막을 내린 것이다. 무서리가 잦으면서 산은 정적이 더욱 깊어갔다. 개울에는 살얼음이 얼기 시작했다.

　- 아줌마! 예수 믿고 구원받으세요!

　귀순네였다. 조무래기들을 앞세우고 교회에 다녀오는 길이라고 했다. 깡똥한 치마에 굽 높은 구두를 신고 있었다. 질끈 묶고 다니던 긴 머리가 곱실곱실한 파마머리로 변한 것이 낯설었다. 가무잡잡한 얼굴에 분도 바른 것 같았다. 입술은 맨드라미꽃처럼 검붉었다.
　얼마의 시간이 흘러갔다. 귀순네가 집사 직분을 받았노라면서 서류 가방 같은 것을 들고 다시 나타났다. 교회에서 철야기도 하느라고 밤도 새운다고 했다. 귀순네 외모가 날로 세련되어져 갔다. 얼굴이 보름달처럼 환하게 피어났다.

내 주를 가까이하려 함은
십자가 짐 같은 고생이나
내 일생 소원은 늘 찬송하면서
주께 더 나가기 원합니다.

찬송가 구절을 흥얼흥얼 외우고 다녔다. 귀순네 아이들도 거리에서 누구를 만나든 "예수 믿고 구원받으라."고 소규모 유랑악극단 대원처럼 씩씩하게 외쳤다.
　도토리묵은 어찌 되었는가. 미선은 귀순네의 속사정이 궁금했다. 묵을 만들어 팔지 않아도 교회에 십일조를 바칠 정도로 살림살이가 잘 돌아가는 모양이라고 낙관했다.

겨울 날씨는 매서웠다. 예년에 비해 추위가 일찍 닥쳤다는 기상예보였다. 귀순네의 묵 맛을 본 사람들이 귀순네의 근황을 궁금하게 여겼다. 뜨끈한 방에 들어앉아 시원한 묵국수를 먹어본 사람들이었다.
　함박눈이 내렸다. 김장과 메주 만들기를 끝낸 이웃들은 집 안에 들앉아 TV를 보거나 뜨개질을 한다. 바깥 생활은 접은 것으로 보였다. 한 번 내린 눈이 채 녹지 않아서 눈이 또 내렸다. 길은 더할 나위 없이 미끄러웠다. 아이고 어른이고 밖에 나갈 때는 각별한 주의가 필요했다.

　미선은 부옇게 흐린 유리창을 닦고 눈 날리는 창밖을 바라본다. 눈 위에 눈이 내리니 세상은 백색 정원이 되었다. 집도 들도 산과 나무도 그 윤곽조차 찾아볼 수가 없다. 사람 그림자가 얼씬하지도 못할 만큼 바깥세상은 깊은 눈 바다였다.
　강추위가 계속되었다. 귀순네는 어디로 간 것일까. 미선은 한마디 말도 없이 떠나버린 귀순네 안부가 궁금했다.
　미선은 뜨개질감을 찾아 손에 든다. 한 올 한 올 코를 꿰는 작업에 몰두하노라면 남편의 장기 출장을 거뜬히 견뎌낼 수 있는 유익한 일감이었다. 덜컹덜컹 창문이 흔들린다.
　눈 위에 강한 바람까지 불었다. 본격적인 맹추위가 닥칠 모양새다. 미선은 뜨개질 손을 멈추고 하느님께 기도한다. 귀순네가 어디를 가든지 묵사발만은 모면하게 해주시라고.

삼백 불(弗)의 저주

— 엄마에게

𝄞

 엄마는 왜 그 여행을 강행한 것일까요?
 잘 모르는 사람들과 함께 가는 여행, 썩 내키지 않았다는 엄마의 처음 먹은 마음이 정확하다는 것을 엄마는 왜 몰랐습니까. 엄마가 갈까 말까 할 때, 가야 한다고 말하는 건 그 사람 뜻이었지요. 가기 전에 망설이고 주저하는 마음이 든 것은, 진즉에 포기하라는 계시 아니겠어요?
 그 사람이 엄마에게는 미화 300달러만 내라고 했다면서요? 엄마한테 미화가 있는 줄 어떻게 알았을까요? 그게 미끼이고 함정이었네요. 제가 판단하건대 그건 확실해요. 더러운 자본주의 미끼였어요.
 그 사람이 여행지에서 혼자 자게 되는 경우, 더 내야 하는 비용만 엄마에게 내라고 했다면서요? 중간에 한 여자가 남편이 위독하게 되어서 빠지게 되었다 할 때, 엄마는 전혀 모르는 사람들, 더구나 남자들도 함께 가는 여행이 싫어서 여행을 포기하겠다고 했어요. 그 사람이 혼자 잠을 자게 될 일이 없게 되어 두 명씩 룸메이트가 조정된 것이니까요.

엄마는 처음부터 그 여행을 거부했으니까요. 안 가겠다고 결정했어요. 그렇지요? 엄마는 마음을 바꾼 거였나요?. 정말 그런 거였어요? 왜죠? 엄마는 여행을 가깝든 멀든 노상 못 간 거지요. 여고 친구들이 유럽 여행 갈 때도 그랬고, 가까운 국내 여행도 엄마는 새로 시작한 공부 때문에 빠진 거 아니냐고요.

엄마! 이 땅을 떠나 낯선 지역에 가서 몇 날 몇 밤을 함께 지내야 하는 건데, 그 여행에 켕기는 구석이 발견되면 단호하게 차단해 버려야 해요. 그 사람, 그 장소, 그때가 아니라도 여행의 기회는 또 온다는 거, 엄마도 잘 알잖아요. 여행은 고생하면서도 즐거워야 하는 거 아닌가요.

엄마가 지금 여행이 급해요? 겨우내 토사곽란을 몇 차례나 겪느라 한동안 끼니도 제대로 먹지 못했는데, 지명도 처음 듣는 그곳, 만난 적도 없는 모르는 사람들과 가기는 왜 갑니까? 남들이 간다고 엄마도 따라갔나요?

그 정도로 끝나 불행 중 다행이리고 뵈요. 여행 간 첫날 한밤중에 엄마에게 마구잡이로 험구와 질책을 한 건 그 사람의 인격 상실입니다.

평소의 엄마답지 않아요. 중국어 공부가 힘들고 고단해서 나들이 간 겁니까? 아니면 헛것에 홀린 거예요? 그 사람이 평소에 엄마한테 잘 대해줬다고 생각했나요? 여행 제의에 현혹되어 똑 부러지게 거절을 하지 못한 거였나요? 아니라면 그 Xiamen인가, 무당 동네인가. 그곳 풍물이 정말로 보고 싶었던 겁니까?

더 말하지 말라고요? 나는 엄마 여행을 처음부터 말리고 싶었으니까 할 말이 있어요. 솔직히 예감이 좋지 않았어요. 내가 걱정한 그대로잖아요. 밤을 홀라당 새우면서 싸고 토하고, 엄마가 보통 아팠나요? 토사곽란은 엄마 육신이 그만큼 극에 달했다는 증표였어요. 내가 엄마의 여행을 반대하는 이유는 엄마 건강 상태로 보아 엄청난 무리라고 판단했기 때문이어요.

먹기 위해서 사는 건 아니지만 무엇이 됐든, 끼니때가 되어 위장이 신호를 보내올 때, 죽이든 밥이든 먹어주는 게 자신의 몸에 대한 의무 아니겠어요. 그런데 엄마는 노상 끼니를 소홀히 했어요. 배 아파, 배 아파 하면서 금방 수저를 놓아버렸어요.

내가 그런 엄마를 한두 번 보았나요? 그게 예삿일이냐고요. 그 고통을 연달아 겪어내고, 무슨 여행을 가나요? 비행기가 타고 싶었나요?

여행은 믿을 만한 사람하고 함께 가야지요. 그 한 사람을 제외하고는 얼굴 한 번 본 적도 없는 사람들과 여행이라니 당치도 않아요. 그 사람은 초등 남녀 동창들과 몇 년 만의 여행이라는데 왜 구태여 엄마를 생면부지 초면인 사람들 속에 끼워 넣으려고 했을까요. 자기가 여유가 있다면서 엄마에게는 미화 300불을 거론하면서요.

 엄마가 몸도 안 좋은 데다 뜬금없는 여행으로 인간 고역까지 당하고 있으니 제가 보기가 딱합니다. 엄마! 그 여행, 기억에서 싹 지워버려요! 더는 상대하지 말아요.
 대개 열등감이 극도로 꽉 찬 사람들이 아무런 하자가 없는 상대방을 하이에나처럼 물어뜯는다고 하네요. 그러면서 쾌감을 느끼는지, 승리감을 맛보는지 모르지만, 그 무지한 행위가 얼마나 삶에 막대한 영향을 미치는지를 깨닫게 해주니 반면교사일 수도 있어요.
 자기는 아파서 죽을 지경인데 엄마는 잠만 자느냐고? 설사 잠을 잤대도 그게 공격할 구실이 되느냐고요. 엄마가 자기 남편이야? 애인이야? 보호자야? 제 말 다 맞지요. 하나도 그른 데 없지요? 엄마에게 술주정인지, 싸움을 일부러 거는 건지, 험담을 퍼부으면서 밤새 난리를 피우는데, 그 북새통, 난리굿을 벌이는 곁에서 무슨 수로 잠을 잘 수 있겠어요?

 개라면 깨갱거리고 출입문을 발톱으로 긁으면서 멍! 멍! 거칠게 짖어댔을 거라고요. 좁은 실내에서 이리 닿고 저리 닿고 빠져나갈 구멍 찾느라 절절맸을 거라고요. 어떻게 잠을 잘 수가 있습니까. 입장을 바꿔놓고 왜 생각을 못 해? 한밤중은 참새도, 뻐꾸기도, 달

팽이도, 천지 만물이 다 잠을 자야 하는 시간 아닌가요? 더구나 타국 여행 중인데요.

옆에서 덜그럭 부스럭 소란을 피우면, 야밤에 시퍼렇게 두 눈 밝히고 싸다니는 고양이도 놀란다고요. 어떻게 잠을 잘 수가 있어요? 커피를 여기저기 엎질러 놓고, 가지고 온 옷가지, 욕실에 있는 물품들, 슬리퍼, 물 젖은 타올, 휴지 조각, 마구 흩트려 놓은 실내를, 한 사람이라도 쫓아다니며 치우고 닦아내야 화장실 사용이 가능한 거 아닌가요? 침실과 화장실에 발도 들여놓을 수가 없이 어지른 그 사람이 제대로 된 사람일까 싶네요. 자기 몸이 아프다고 남까지 괴롭혀요? 어디서 써먹은 깡패 짓을? 그 사람 괴물이 맞는 것 같아요.

룸메이트에 대한 배려는 엄마에게만 해당 사항인가요? 발 디딜 틈도 없이 어질러져 있어, 이리저리 치우고 절절매다가 아침을 맞았는데, 괴물은 우렁찬 음성으로 넋두리를 늘어놓았다면서요? 혹 인간 탈을 쓴 귀신 아닌가요? 다섯 시간 꼬박, 함께 온 동창을 싸잡아 비방하다가, 중간중간 엎어져 코를 드르렁드르렁! 잘 골고, 다시 깨어나 못다 한 험구를 또 반복하고, 그 육중한 몸뚱이를 끌고 다니면서, 덜그럭대고 소란을 피우다니요. 정력이 왕성한 모습이네요. 기운 없으면 푸닥거리도 못 합니다.

최소한의 예의도 망각하고 아파서 절절매는 자기를 돌보지 않았다고 게거품을 물다니. 감기 들어 아픈데 술은 왜 마셔요? 이 약 저 약 먹지나 말 것이지. 차라리 하녀를 한 사람 사서 데려오지 그랬어요? 이런 경우 300불의 저주라고밖에는 달리 할 말이 없어요. 틀림없는 300불의 저주에 엄마가 꿰인 겁니다.

 얼마나 더 잘 챙겨줘야 해요? 차 타고 움직이는 중, 화장실 가서 열나절 안 나올 때 기다려 준 것도 엄마뿐이잖아요. 엄마는 부실한 룸메이트를 위해 최선을 다한 거 아닙니까? 같이 간 동행들도 그 점은 인정할 것입니다.
 엄마가 안 보이면 그 사람이 엄마를 찾기나 하던가요. 그 사람 혼자 가버렸잖아요. 아니 왜 엄마가 그 괴물을 챙겨줘야 해요? 그거 갑질입니다. 여행 왔으면 밤에는 자고, 낮에 차 타고 다니면서 구경할 건 구경해야 하지 않나요?
 엄마가 무슨 몸종으로 갔어요? 엄마가 그 사람 동생입니까? 자식이에요? 동생이고 자식이래도 그따위 행패는 용인할 수 없어요. 이러니까 내 입에서 300불의 저주가 나오는 거라고요. 엄마는 그 사흘 밤과 낮 동안 300불의 저주에 꽁꽁 묶인 거였어요. 그렇게밖에는 달리 해석할 방법이 없는 것 같아 유감스러워요. 저주치고는 악랄하고 해괴하지요.
 자기만 아파? 아픈 게 무슨 유세야? 엄마가 아프라고 기도했어요? 약을 장기간 복용하는 처지에, 감기약까지 먹었으면 차가운 술이나 마시지 말든지, 술과 약으로 인한 쇼크였는지도 모르잖아요. 본인이 잘못해 놓고 왜 남을 탓해요?

혼자 나가서 술 마시고 들어왔으면 이불 들쓰고 잠이나 잘 노릇이지, 왜 타인을 들볶아요? 방에 들어와서 다섯 시간 이상 자신의 과거사 되새기며 일행 중 누구누구 할 것 없이 일행 모두를 비난, 비방, 험구 일색으로 주사(酒邪)를 부리다니요, 그런 저질 망동을 상상할 수가 없어요.

대체 우리 엄마가 무슨 쥡니까? 여행 왔으면 행복까지는 아니더라도 조금은 유쾌해야지요, 옆 사람 눈도 못 붙이게 하다니. 틀림없는 재앙입니다.

엄마가 목석입니까? 귀도 눈도 멀었나요? 어떻게 그 환경에서 잠을 자나요? 비정상적으로 소란을 떨어 한밤중에 공포감, 불쾌감을 끼치고도 미안한 줄 모르거든 입이나 닥치고 있지, 적반하장도 가관이군요. 잠만 잘 잤다면 미친년 굿한 듯, 그 난장판을 누가 정리했을까요. 오밤중에 누가 달려와서 치워주겠어요? 여기저기 물병, 빈 병 숫자대로 커피 타 놓고도 모자라, 엄마 가방에 있는 물까지 꺼내다가 바닥에, 탁자에 뒤죽박죽 엎질러진 것, 누가 쫓아다니면서 훔치고 닦았을까요. 실컷 독설을 늘어놓고는 다음 순간 코를 드렁드렁 골다니요. 코도 어지간히 골아야 옆 사람이 눈을 붙이든, 다리를 뻗든지 할 텐데요.

같이 나가자고 말 한마디 없이 자기 혼자 나가서, 기분 좋게 초등 동창들과 어울려 술 마시고 들어왔으면 곱게 잠을 잘 것이지, 왜 난동을 부리느냐 이겁니다. 한밤중에 잠자는 거 빼놓고 중요한 게 뭐가 또 있습니까? 엄마는 악몽을 꾼 것보다 더 무서웠을 거 같아요.

 갑자기 엎어져 짐승 울부짖듯 험하게 코를 골면서 잠을 자놓고 왜 시비를 걸어요? 일차, 이차, 삼차로 시비 걸 일인가요. 왜였을까요? 평소에 엄마한테 나쁜 감정이 쌓였던가요. 그렇지 않고서야 비상식적이고, 인간 이하의 언동을 함부로 자행할 수는 없는 거 아닙니까? 괴물치고도 질 나쁜 괴물 같아요. 그게 바로 돼먹지 않은 졸부 근성이라는 거 아니겠어요.

 - 야! 내가 너에게 이익을 줬으니 그 값을 나에게 바쳐!

 바로 그거 아니냐고요. 의식 수준이 저 밑바닥 아니면, 세상만사 돈으로 다 된다고 믿는 천박한 근성을 적나라하게 드러낸 사건이에요. 최소한 인간다운 예절, 격식을 손톱만큼이라도 찾을 수가 없습니다. 본색이 드러나는 형국 아닌가요.
 옛말에 말이 아니면 하지 말고, 길이 아니면 가지 말라는 말이 있지요. 닫힌 공간에서 밤을 꼴딱 새우며 괴물의 행패를 고스란히 당했으니 엄마는 삼재팔난의 비극을 만난 거였어요. 그 사람이 갑자기 괴물이 된 게 아니고 처음부터 흉악무도한 괴물이었을 겁니다. 피물 근성이 술에 취한 데다 독한 약까지 머어서 폭발한 것 같아요.

엄마는 그 지옥의 밤을 보내고, 집에 돌아오자 병원 가는 일이 무엇보다 우선이었죠. 졸지에 날벼락 맞은 사람이, 무슨 대단한 왕녀라고 집에 돌아오자마자 안부 전화를 해요? 어쩌면 자기 생각만 하는지요? 안부 전화 하기로 계약서 썼어요? 그따위 끔찍한 망나니 술주정에 패악질, 저질 쇼를 보여주려고 엄마를 300불에 옭아맨 거였나요?

제대로 된 사람이라면 '모르는 사람들과 여행하느라고 고생했다, 잠 못 자게 해서 미안하다.' 말해야 옳지 않나요? 그게 백번 옳지요. 왜 식별을 못 해? 왜 아무 죄 없는 타인에게 거만하니, 도도하니, 배려가 없다느니 생경한 딱지를 붙여요?

엄마! 300불의 저주가 그 선에서 끝나면 오히려 축복이에요. 불쾌하고 역겹고 감내하기 힘든, 한밤중 개망나니 짓거리, 그것을 견뎌낸 엄마에게 위로를 전합니다.

H 대학교 고전문학 J 교수님의 〈세설신어(世說新語)〉, 〈흉종극말(凶終隙末)〉을 읽었어요. 엄마는 오래전부터 그 교수님 칼럼을 즐겨 읽었잖아요. 좋은 글은 다른 이들과 공유해야 한다면서 블로그로 옮겨다 놓는 것 여러 번 봤어요. 〈흉종극말〉 내용을 적어볼게요.

초한(楚漢)이 경쟁할 당시 장이(張耳)와 진여(陳餘)는 대량(大梁)의 명사로 명망이 높았다. 처음에 두 사람은 부자처럼 다정하게 지냈다. 여러 역경을 함께 겪으면서 떼려야 뗄 수 없는 관계가 되었다.

나중에 권력을 다투게 되자 경쟁 관계로 돌아섰다. 끝내는 장이가 지수(泜水)가에서 진여의 목을 베기에 이르렀다. 흉종(凶終), 그 시작은 참 좋았는데 마지막은 흉하게 끝이 났다.

보세요, 엄마! 시작은 좋았는데 끝이 흉했다고 합니다. 언제나 시작보다 끝이 좋아야 되는 것인데 말이죠. 장이와 진여가 서로 권력을 다투다가 경쟁 관계가 되고, 마지막엔 장이가 진여의 목을 쳤다는 전말이 살벌하게 울리네요. 그렇다면 그 괴물과 엄마가 경쟁 관계? 누구와 경쟁 관계가 못 돼서! 휴~ 엄마는 누구하고도 시답잖은 경쟁 관계를 가지는 일은 전무후무할 것입니다. 개성이 있고, 노선이 달라요. 엄마 고유의 빛이 있고, 사유가 있고, 컬러가 있는데. 당치도 않아요.

전한(前漢) 시절 소육(蕭育)과 주박(朱博)은 절친한 벗이었다. 처음에 주박은 두릉정장(杜陵亭長)이란 낮은 벼슬에 있었다. 소육이 그를 적극 추천해서 차츰 승진해 구경(九卿) 지위에 올랐다. 정작 장군과 상경(上卿)을 거쳐 승상 자리까지 오른 것은 주박이 먼저였다. 이후 두 사람은 사소한 틈이 벌어지면서 오해가 오해를 낳아 극말(隙末), 즉 끝내 완전히 갈라서서 원수가 되고 말았다.

J 교수님이 〈세설신어〉에서 밝혀놓은 두 번째 예를 내가 읽어볼 테니까 잘 들어보세요. J 교수님 말씀은 인용하는 구절마다 다 철

리가 있고 현실에 적용하는 묘미가 느껴지거든요. 저도 〈세설신어〉가 좀 어렵기는 해도 애독자예요.

엄마가 문단이란 세계에 발을 들여놓은 것이 좀 오래됐지요? 제가 Y 여중 1학년 때니까 저도 문예반 선생님이 추천하는 〈테스〉, 〈데미안〉, 〈수레바퀴 아래서〉 등을 탐독할 때였어요. 그때 엄마는 우리 형제들 학교에 간 다음, 허둥지둥 집안일 정리해 놓고 서둘러 공부하러 달려갔어요. 얼마 후 엄마는 자랑스럽게 문학 전당에 기와 한 장을 얹지 않았습니까?

그 등단 문예지를 오빠들이 H 대학 교문 앞에서 학생들에게 몽땅 팔고 온 것, 저 기억해요. 오빠들이 왜 그랬을 것 같아요? 오빠들이 용돈 벌려고요? 엄마! 그건 아니었어요. 또한 엄마의 최초 소설이 게재된 그 문예지를 길거리에 나가서 팔아오라고 엄마가 부탁한 건 더구나 아니고요.

엄마가 밥하고 청소하고 빨래하는 것 말고 잘할 수 있는 일, 그게 글 쓰는 일이라는 것을 오빠들이 자랑스럽게 여긴 때문이어요. 특히 큰오빠는 엄마가 저녁 설거지 마치고 대청마루에 엎드려서 글 쓰는 걸 무척이나 좋아했던 것 같아요. 엄마 덕분에 우리 형제들은 남들보다는 책을 좀 읽었다는 축에 들기도 했어요. 엄마 주위에는 화장품이나 옷 대신, 언제나 책이 산더미처럼 쌓여 있었으니까요.

큰오빠가 초등학교 4학년 그 시절, 돼지저금통을 털어 《소년동아》를 엄마에게 사다 준 것, 그것은 엄마가 집안일만 하지 말고 글을 써보라는, 큰오빠의 뜻인 것 같았어요. 엄마가 집안일에 매여서 엄두를 못 내고 있으면 큰오빠가 글의 초안을 적어서 엄마에게 보여주었지요.

 엄마가 문학 전당에 한발 들여놓았으나, 얼마 지나지 않아 엄마는 글을 잘 쓰려면 많은 독서, 공부가 선행되어야 한다는 것을 자각, 학문의 길로 발길을 돌렸어요.

 다시 〈세설신어〉로 돌아갑니다. 소육이 자기보다 벼슬이 낮은 주박을 적극 도와준 것이, 결과적으로는 두 사람의 우정과 의리를 망친 원인이 되었어요. 인간관계가 항용 우리가 바라는 대로 진행되는 게 아닌 것 같아요.

 흥종극말은 세상에서 벗 사이에 유종의 미를 거두지 못하는 일을 비유하는 말이다. 한때는 의기가 투합해서 죽고 못 사는 사이였는데, 나중엔 싸늘히 돌아서서 서로를 헐뜯다 못해 죽이기까지 했다. 왜 그랬을까? 견리망의(見利忘義), 당장의 이익에 눈이 멀어 의리를 잊었기 때문이다.

 여기서는 당장의 작은 이익 때문이라고 밝혔네요. 인간의 심성이 '사촌이 땅을 사면 배가 아프다.'는 거잖아요. 엄마! 이 대목은 길게 쓸 필요조차 없겠어요. 전에 우리나라에서 최고로 큰 교회의 목사 아버님이 신앙잡지에 칼럼을 아주 잘 썼지요. 엄마가 그 잡지를 매달 사 와서 저도 읽은 적이 있어요.

'큰 나무, 미끈하게 잘 자란 나무에 탐스러운 열매가 열렸는데, 그 나무에 돌팔매가 날아온다.'는 비유, 즉 잘 자란 큰 나무, 풍성한 열매는 바로 돌팔매의 표적이 된 겁니다.

'굽은 나무가 선산을 지킨다.'라는 말도 들어보셨지요? 잘 자란 나무는 굽은 나무보다 더 빨리 도끼와 톱에 잘려 나간다는 비유이지요. 너무 비약했나요?

그 사람과 시절 인연이 다해서 그리된 것이라 생각하시면 편안해질 것입니다. 그 악몽, 지옥의 밤을 다 잊으시고, 엄마의 본분에 충실하시기를 부탁드립니다. 해괴망측한 만행을 겁 없이 저지르는 괴물, 예기치 않은 재앙과 맞서기에는 세상 문물이 이미 얼크러질 대로 얼크러져 있습니다. 너나없이 하찮은 작은 이익에 눈이 멀어, 윤리도 법도도 질서와 정의도 갖은 마술을 부리는 돈 앞에 항복했기 때문입니다.

오직 돈, 돈, 하면서 헤매는 현세 사람들이 깨우쳐야 하는 내용이에요. 여기에 이르러서 불현듯 '치료하는 유식' ○○ 스님의 특강이 생각납니다.

- 나와 남이 서로 다름을 인정하라.

그 말씀. 나와 타인이 다름을 인정하면 화낼 일도, 다툴 일도 없다는 것이지요. 그렇습니다. 괴물과 인간이 서로 다르고, 성격, 취향, 셈법 또한 모두 다른 것입니다. 다른 말로 하면 근기가 상반되거나 적정 수준에 못 미쳤을 수도 있다는 것이지요.

불교에서 수행의 정도에 따라 상근기, 중근기, 하근기로 분류된다고 해요. 서로 타고난 재질과 크기, 용도가 다르듯이 말입니다.

엄마! 부디 몸 추스르고 얼른 자리 걷고 일어나시기를 바랍니다.

생각해 보세요. 소설이, 여행이, 뭐 그리 중요합니까? 대승적인 차원에서 보면 그런 일은 한낱 티끌에 불과할 것입니다. 이 글을 쓰는 저 자신부터 대해같이 넓어지고 싶어집니다.

'서로 다른 셈법, 너와 나의 다름을 인정하자.'는 말로 〈삼백 불(弗)의 저주 – 엄마에게〉를 마치고자 합니다. 오직 몸과 마음 편안하시기 바랍니다.

---

* 참고: 정민의 세설신어 흉종극말/《조선일보》

𝄞

  임숙희는 강원도 원주시 매지리에 있는 토지문화재단에 도착했다. 그녀는 서포 선생에 관한 소설을 집필하려는 뜻을 품었다. 조선 숙종 대의 문신이자, 소설가, 광산 김씨 김만중. 시호는 문효, 호는 서포다. 몇 년 전부터 벼르고 별러서 실행에 옮겼다.
  지난밤, 그녀는 잠을 못 자고 전전반측을 거듭했다. 쉽게 잠들지 못해 토지문화재단에 가지 못하는 것은 아닐까 염려했다. 밤늦어 샘 아빠와 윌리엄, 벤틀리 형제가 출현하는 TV 프로를 보면서 포도를 먹었다. 그래서였을까. 그녀의 일상은 비교적 편안했다. 그 편안함이 그녀에게 독이었던가. 잠이 오지 않는 밤은 지루했다.

  5년 전 가을에도 그녀는 매지사 집필실에 입주했다. 전국에 집필실이 많아도 그녀는 유독 토지문화재단을 선호했다. 소설작품을 저작하기 위해 가장 적합한 장소였다. 그녀가 태어나고 자란 고향 이야기가 소재였다. 그녀에게 고향은 '복숭아꽃 살구꽃 아기 진달래' 피어나는 고향과는 거리가 멀어도 한참 멀었다.

집필하는 틈틈이 그녀는 거미집을 연상했다. 왕거미는 노을이 아름답게 물드는 시간에 얼기설기 참으로 절묘하게, 전심전력으로 집을 짓는다. 그 모양이 팔각형이든 16각형, 32각형이든 거미는 제 몸에서 실을 뽑아내 정교하고 섬세하게 집을 지어 먹이를 사냥한다.

그녀는 거미의 집에 버금가는 안전하고 튼튼한 글 집을 지으려는 의도였을까. 토지문화재단에서 여름 끝 무렵, 나뭇가지에 거미줄 엉기듯이 글이 술술 풀려나왔다.

저녁 식사 후에는 숙소 근처로 산책, 걷기운동을 한다. 숙소에 들어와 씻고 나면 밤 9시였다. 무슨 이름 붙은 절기마다 시행하는, 산사의 기도행사에 스무하루 머물 때처럼, 그녀는 밤 9시에 불을 껐다. 새벽 3시에는 누가 깨운 듯이 말갛게 잠에서 깼다.

찬물 세수로 정신을 가다듬고 새벽기도를 한다. 포트에 물을 끓여 더운 차를 마신다. 노트북을 연다. 그녀의 일과 진행은 거의 매일 동일한 순서로 반복되었다.

써지는 대로 줄기차게, 착실하게 글을 써 내려갔다. 억지로가 아니었다. 순조롭고 자연스러웠다. 왕거미가 제 몸에서 줄을 뽑아 집을 짓듯, 그녀의 뇌리에서 숱한 언어가 생성돼 빛을 뿜고, 폭죽처럼 터져 나오는 것 같았다.

 한국문협 문예대학 시절 문○희 시인은 글 쓰는 요령이랄까, 기법에 대해 간단명료하게 일러주었다. 문예진흥원 대강당에 모인 수십 기백에 이르는 수강생들은 진지했다. 눈을 반짝이며 경청했다. 그 시간은 막 설거지물에서 손을 건지고 달려 나온 주부들에게 축복이었다.

 - 처음 쓸 때는 무조건 매수만 늘리면서 써나가라.

 매수를 채우는 게 우선이라는 것이다. 열정적으로 강의하는 문○희 시인의 어떤 한마디도 놓치지 않았다. 노트에 적었다. 집에서의 많은 일보다 재미가 있었다. 90분 강의가 하루 두세 번 겹쳐도 지치지 않았다.
 문학 수업 초기의 그 가르침을 그녀는 잘 따랐다. 일단 쓰는 게 중요했다. 분량을 먼저 채운 다음, 첨삭은 천천히 했다. 돌이켜 보니 문○희 시인의 그 강의는 매우 합리적이고 타당성이 있었다.
 매지사 숙소에 머물며 그녀는 스토리가 이어지는 대로 쓰는 데만 전력을 기울였다. 20여 일의 단기간에 200자 원고지 800매의 초고를 완성할 수 있었다. 무엇이 됐든, 일단 분량 면에서는 상쾌한 결과였다. 미장이가 처음에는 거칠게 바르고 나서, 두 번째는 좀 더 면밀하고 섬세하게 다듬어 나가는 것처럼 무슨 일이 되었든

첫술에 다 이루어지는 법은 없다.

  원고 800매의 결과는 예상외로 우수했다. 쓰는 데만 치중했는데 이야기 연결이 나름 매끄러웠다고 수긍한다.

  장편소설 〈나목〉으로 《여성동아》 2,000만 원 고료에 당선된 박○서 선생님은 'YWCA 문예창작교실'에서 200~300여 명에 육박하는 수강생들에게 다음과 같이 말씀하셨다.

  - 소설가는 사실에 기반을 두되 거짓말을 잘해야 한다.

  그 거짓말은 현실적으로 있을 수 있는, 개연성 있는 거짓말로 독자로 하여금 소설을 읽는 재미를 배가시킨다는 것이다.

  - 책은 첫째 재미가 있어야 한다.

  김○종 교수님 말씀도 참고했다.

  - 읽고 나서 시간을 낭비했다는 생각이 드는 책은 공해다.

  이○철 선생님 말씀도 새겨들었다.
  그녀는 '훌륭한 거짓말쟁이'로 다시 태어나고 있지는 않은지 조금 의아스러웠다. 그녀는 쓰면 쓸수록, 매수가 늘어나면 늘어날수록, 그녀가 직접 작명을 한 등장 인물에게 매료되었고, 개성 있는 역할을 부여했다. 그들의 활동에 점점 깊이 빠져들게 되었다.

쓰면서 흡족했고 자주 웃음이 솟구쳐 나왔다. 그 웃음은 신실한 웃음이었다. 그 거짓말(허구)이 저작자인 그녀를 즐겁게 하는 것을 실감할 수가 있었다.

각 단락의 내용에 따라서 슬픔과 아쉬움, 벅찬 감동을 느끼기도 했다. 기기묘묘한 상상까지 곁들여 새벽 3시에 시작한 글쓰기 작업은, 아침 식사 시간인 7시를 훌쩍 넘겨 끼니를 거르는 일이 다반사였다. 배고픈 줄도 전혀 의식하지 못했다. 소설에 미친 것이다.

강원도 깊은 산골에서 놀라운 일이 벌어진 것. 그냥 맹목적으로 원고지, 또는 A4 용지 매수만 늘어난 것이 아니고, 그녀가 그 가을 토지문화재단 매지사에 입주한 것은 그야말로 획기적인 일에 해당한다고 스스로 평가하기에 이르렀다. 자기만족일까. 그녀는 자신이 쓴 글이 자랑스러웠다. 큰 보람, 성취감, 시간을 낭비하지 않고 주야로 창작 작업에 몰두했다는 데에 대해서 그녀는 만족했다.

강원도 매지회촌마을 토지문화재단에서 모든 게 순탄했다고 그녀는 기억한다. 본관 사무실에서 이따금 김○주 토지문화관 관장님과 김○하 시인을 만나는 것도 은연중 작업 과정에 큰 도움을 받는 기분이 들었다. 무엇인지 꼭 집어 설명할 수는 없다. 어떤 거대한 전류의 흐름이랄까, 긍정적인 에너지가 무한대로 전달되는 느낌이었다. 그분들에게서 전해오는 분위기는 입주 예술인들에게 지극한 정성스러움, 안도와 신뢰감이었다.

 올해는 겨울이 일찍 온 것 같다. 몹시 추웠다. 이곳에 오기 전 그녀는 매지사에 입주해 있는 김○○ 작가에게 전화로 문의했다.

 - 여기 몹시 추워요! 잠잘 때는 오리털 코트를 입고 자요. 무릎 담요도 가져오고, 양말도 따뜻한 거 갖고 오세요!

 전화까지 했으면서 그녀는 오리털 점퍼를 넣었다가 도로 꺼낸 것은 실수였음을 피부로 느꼈다. 부피도 큰 데다 두루뭉술한 점퍼를 걸치는 것이 부담이 될 것 같아서였다.
 그녀가 집 떠나오면서 택배로 발송하고 온 큰 가방이 낮에 도착했다. 자료집과 소소한 내복 종류를 제외하고는 강원도의 첫추위를 해결해 줄 적당한 옷은 아예 없다. 아침저녁으로는 춥지만 한낮의 햇살은 따끈할 것이므로 걱정하지 않아도 좋을 줄 지레짐작한 것이다. 막상 도착해서 보니 전년도에 비해 강원도의 시월은 겨울이었다. 김 작가의 당부처럼 털로 된 실내화, 무릎 담요가 절실했다.
 이곳에 오던 날 영하 5도였다. 올해 들어 가장 기온이 하강했다. 밤이 되면 상상보다 더욱 추워 딜딜 떨렸나. 방바닥에서 냉기가 사정없이 올라와 몸 전체를 얼렸다. 이것 참 안타깝다. 그녀는 큰 마음 먹고 창작 작업을 실행하려고 집을 떠나왔는데, 어린애 장난도 아니고 춥다고 집으로 되돌아갈 수는 없지 않은가. 그녀는 앉지도 못하고 방 안을 왔다 갔다 서성거리면서 생각에 잠겼다.

서포 김만중 선생은 유배지 남해의 외딴섬 노도에서 가시울타리에 갇혀《구운몽》을 창작했지 않은가. 그녀는 불현듯 서포 선생을 떠올렸다. 이 정도 시련은 달게 수용해야 한다. 얼마든지 참을 수 있다. 참아야만 한다. 그녀는 자문자답을 거듭한다.
그녀 일생의 가장 알찬 계획, 굳은 결심이 대체 뭐가 된단 말인가. 코로나19로 모든 사람들이 집콕하는 일상에서 그나마 양호한 일감, 우수한 은둔처를 발견한 것인데 어찌하든지 목표를 향해 돌진해야 하는 게 맞는 이치였다.

YWCA에서 박○서 선생님의 문예창작교실 강의가 종료되자 거기 모였던, 같은 뜻을 가진 엄마들끼리 새롭게 문맥이란 모임을 만들었다. 모임을 주도할 회장을 뽑고 그녀는 총무를 맡았다. 소요경비를 위해 일정한 회비도 걷었다. YWCA에서는 문맥 동인들에게 한 주에 두 번 강의실을 무료로 제공했다.
전체 회원 회의를 거쳐 3개월 간격으로 새로운 강사를 초빙하기로 결정했다. 초빙된 강사는 한 달 동안 8강을 강의하는 것으로 합의했다. 시인, 소설가에 이어 평론가, 의사 등, 회원들의 의견을 경청하여 문인들 외에 각계각층의 강사를 선정했다. 임원들이 유능한 강사를 모시기 위해 전화로, 혹은 자택으로 직접 방문하는 일도 있었다.

 모임 결성 후 초기 강사님은 주부 수강생들의 연대와 엇비슷한 젊은 여성 작가였다. 수강생들에게 과제는 필수였다. 수필이든 콩트든 정성껏 써서 제출했다. 그녀는 과제를 낼 때마다 그 모임의 첫 강사로 모신 여성 작가에게 질책을 받았다. 동료들은 그녀에게 말했다.

 - 임숙희 님! 이 강의에 만족하십니까?

 그녀보다 더 심각한 사람은 시인 지망의 강남에서 온 국문과 출신 K였다. K는 무슨 글을 써냈는지 모르지만 지적을 받자마자 출입문을 거칠게 닫고 강의실을 뛰쳐나갔다. 강사의 질책과 평가가 K에게 과했던가. 상처받기 쉬운 게 결혼 후 집 안에서 곱게 살림이나 살던 주부들의 특성인가.

 꿈 많은 처녀에서 아내로, 어머니로, 며느리로, 주부로 살면서 코페르니쿠스적 변화를 겪은 탓일까. 진즉부터 마음에 깊은 상처를 입은 것일까. K는 누가 들어도 신랄하다 못해 인신공격과도 같은 평가에 견딜 수 없어 했다. K는 그 후 YWCA 모임에 나오지 않았다. 그녀 역시 그와 같은 낭패와 곤란을 겪기는 마찬가지였다. 그녀는 그 모임을 그만둘 생각이 없다.

 - 기왕 집 밖으로 공부하러 나왔는데, 우리끼리 얼마든 발전을

도모할 수 있다고 봐요. 꼭 그 선생님만 선생님입니까? 저는 초청 강사의 취향, 기호, 평가를 참고는 하되 액면 그대로 받아들이고 싶지 않아요.

다음 강의 시간에도 그녀는 공격을 받았다. 유독 혹독한 평이 내려진 건 오히려 전화위복이 될지도 모른다고 여겼다. 그녀의 오산일까. 모든 수강생들의 시선이 그녀에게 쏟아졌다.

- 나 같으면 벌써 그만두었을 거예요. 그래도 계속 나오실 겁니까?

- 견뎌보아야지요.

- 자존심도 없어요? 다른 데로 가보시지.

- 공부하는 데 무슨 자존심을 찾아요?

- 전국 백일장에서 몇 번이나 수상하셨는데 그때 수상한 분들 벌써 문단에 등단하셨어요. 임숙희 님 정도 되면 차라리 ○○문화센터로 가보시는 게 좋을 것 같아요. 거기는 진짜 시인, 소설가가 될 사람들만 오는 것 같아요.

― 나는 기왕 시작했으니 해보는 데까지 해볼 거예요.

각 신문사에서 운영하는 문화센터로 가보라고 권해준 수강생은 영등포에서 온 P였다. P는 문화센터 강의에 여러 차례 참가한 전력이 있는, 전국 독서클럽의 오래된 회원이었다. 수강생들이 읽어야 할 서적은 대개 그 회원의 의견을 참작, 결정할 정도로 독서량이 풍부한 우량 회원이었다.

회원들은 의견이 분분, 각양각색이었다. 그녀로서는 그 모임이 아직 채 자리도 잡히지 않은 상태에서 굳이 들고날 이유가 없다고 생각했다.

― 괜히 귀중한 시간 낭비하지 말아요.

― 그럼 이곳은 그냥 심심풀이하는 곳이란 말입니까?

심심풀이? 그녀가 심심풀이라는 단어를 발설하고서 곧 후회했다. 회원들의 말에 예민 반응을 보인 것이 부끄러웠다. 그들의 걱정이나 배려가 고맙지만 그녀는 처음 먹은 뜻을 변경하지 않았다. 그녀는 꾹 참기로 작정했다.

첫 강사의 계약 기간이 만료되었다. 다음 달부터는 다른 강사를 모셔 와야 했다. 회장이 S 작가를 추천했다. 수강생 대부분이 회장의 의견에 찬성을 표했다. 그녀가 S 작가를 처음 만난 것은 그런

계기였고 장소는 YWCA였다.

 S 작가는 이미 많은 매체에서 명문을 날리는 현역 작가였다. S 작가는 주부 수강생들에게 매우 우호적이고 친근한 인상을 주었다. S 작가도 강의 후 숙제를 내주었다. 시, 수필, 소설, 콩트 중에서 무엇이 됐든 제목, 소재를 각자 자유롭게 선택하여 한 편씩 써 내라고 했다.

 그녀는 저녁 설거지를 마치고 가족들이 각자 자기 방으로 돌아가면 대청마루에 엎드린다. 지성으로 글 숙제를 했다. 글을 쓰다 보면 금세 밤이 깊었다. 가족들이 모두 잠든 시간 그녀 홀로 깨어 있곤 했다.

 새로 모신 S 작가는 한 사람 한 사람 앞으로 나가서 자기 작품을 낭독하게 했다. 임숙희 차례가 되었다. 그녀는 가슴이 두근거렸다. 낭독이 끝나면 회원들은 자유롭게 타인의 작품에 대한 소감을 발표하고, 마지막으로 S 작가가 총평을 했다.

 - 구성, 묘사, 스토리를 끌고 가는 솜씨…. 어떻게 이런 분을 여태 추천해 주지 않았을까요?

 그녀 작품에 대한 S 작가의 평가였다.
 그녀의 작품은 노부부가 산비탈에 터를 잡고 화전을 개간하는 이야기였다. 그 노부부는 자식을 독립시키려고 땅뙈기랑 있는 것

모두 팔아서 아들 사업을 돌봐주다가 빈털터리가 되어 산속으로 쫓겨 온다. 산 아래 사는 마을 주민들은 거의 부농에 속했다. 그들은 산기슭에 터를 잡은 노부부에 대해서 알지도 못했다. 관심도 없다. 오직 한 가족, 서울에서 밀려난 은석이네 가족만이 노부부의 이웃이 되었다. 이를테면 본향에서 내몰린 실향민끼리 우의를 돈독히 쌓아가는 훈훈한 스토리였다.

　한 작품으로 호평을 듣다니, 주부 학생들은 일제히 손뼉을 치며 탄성을 질렀다.

　그녀 임숙희는 지금 여기, 매지사에 있다. 서포 김만중에 대한 연민을, 소설로 승화시켜야 할 의무와 책임을 상기했다. 토지문화재단에 온 이상 서포 선생을 향한 그녀만의 연가를 주야로 읊어야 한다. 신실한 마음 하나로, 하루하루 매수를 늘려가면서 그녀가 애초에 계획한 스토리로 조율해 나가면 될 것이다.

　쓰고 싶은 마음, 써야만 하는 절절한 그녀의 창작 의욕이 예측불허의 코로나19와 인성 증발의 세태에 경종을 울리는 기능을 한다면 더 바랄 것이 없다. 그녀는 천지를 감응시키는 기막힌 설움은 한을 품고, 울음조차 자유롭지 않은 연민은 소설을 잉태한다고 보았다.

　그녀는 집필 틈틈이 수시로 머릿속이 띵하다. 이게 감기 기운인가. 처음 온 그날 김○○ 간사 주관으로 오리엔테이션, 자기소개 시간을 가진 다음, 방에 들어와 막 노트북을 펼칠 때 머리가 아득했다.

아마도 강원도 산간의 이른 추위 때문 같았다. 추위는 이겨낼 수 있다. 이겨내야만 한다. 서포 선생에 대한 찬가를 읊기 위해서였다. 그녀는 청운의 큰 꿈을 안고. 과거시험을 보러온 연소한 서생처럼 원주행 무궁화호 기차에서 가슴이 두근두근 뛰지 않았던가.

  동서고금을 막론하고 임금의 안전에서 직언, 바른 소리, 아무나 못 한다. 대다수 사람들은 비겁하고 야비하다. 사리사욕을 위해서 교활하고 사악한 간신 노릇도 자처한다. 서포 선생은 달랐다. 무엇보다도 임금님의 성덕에 누가 될까 조심스럽게 아뢰었다. 서포 선생은 선천적으로 청렴하고 순수한 영혼의 소유자였다.

  원주시의 외곽에 위치한 토지문화재단은 안도 밖도 더없이 고요하다. 집필 작업에는 최적의 조건을 갖추었다. 고요가 그녀에게 더없는 편안함을 준다. 자연과 합일한 시골 풍경. 눈에 보이는 들풀과 온갖 가을꽃, 들깨밭, 매지 호수, 오봉산을 밤낮없이 오르내리는 바람, 봄이면 먼 산, 가까운 산에서 울려 퍼지는 뻐꾸기 소리도 들을 수 있다. 이곳은 천혜의 고요 속에 평화로웠다, 사람이 지나갈 때 짖어대는 회촌 마을의 강아지, 그들 모두 천지 만물과 합일한, 자연물 그대로였다.

  그녀는 잘할 수 있다. 잘하려고 여기에 왔다. 인간 김만중, 그의 면모를 그린 듯이, 직접 보고 겪은 듯이 써야 한다. 조선시대 최초로 국문으로 소설을 저작한 김만중의 《구운몽》을 바탕으로 소설을 창작하려는 목적을 펼치려고 그녀는 지금 이 자리에 있다.

그녀의 아들은 언제부터 서포 선생의 일대기를 쓰라고 그녀에게 강조, 당부, 채근, 요청했다. 아들이 그녀에게 늦은 공부를 적극 독려했지 않은가. 감히 그녀가 그만한 것을 감당할 수 있다고 믿은 것인가. 모친에게 바라는 바가 수년 전 엄마 잃은 6살, 8살이던, 두 손자를 돌봐달라는 주문이 아닌 게 특이하다면 특이했다.

시작이 반이었다. 그녀는 무에서 유를 창조하는 정신으로 정진할 수 있었다. 매지리의 무한대한 고요 속에 터 잡은 토지문화재단의 강한 문학 에너지가 그녀를 밀어주었다. 그녀의 문학을 발현시키는 신통한 묘법이 이곳에는 있다. 그녀는 스스로에게 힘을 실어주며 작업에 몰입했다.

주변에 새로운 건물도 다수 보이고, 산마을로 건너가는 회촌교 아래 시냇물 폭이 그사이 자란 갯버들과 잡초들로 많이 좁아져 있다. 여전히 물은 맑고, 시냇물 주변에 쑥부쟁이, 도깨비바늘, 코스모스, 들국화, 망초꽃들이 가을을 만끽하듯 천연한 모습으로 그녀를 반겨주었다.

그녀는 호젓한 시골길을 걸으며 시골에 살리라, 노래를 부르고 싶도록 맑아지는 심혼을 의식한다. 하늘 아래 만물이 풍성하고 은혜로웠다. 고요하고 그윽하다. 문득 그녀 가슴에 품고 있던 박○ 시인의 시구를 읊조린다. 제목은 〈고요히 고요히〉였다.

    가을은 고요히 햇살은 고요히

씨앗처럼 고요히 산맥처럼 고요히
고요히 고요히 상처는 고요히
성숙은 고요히 별들처럼 고요히
희망처럼 고요히 고요히 고요히
여행은 고요히 길들은 고요히
내 안으로 고요히 걸어오는 것들
내 안에서 고요히 피어오는 것들

  시를 읊조리자 그녀의 마음은 더할 나위 없이 엄숙해지는 것을 알아차린다. 고요는 엄숙함이다. 무언의 명령어다. 시시때때로 그녀에게 다가오는 박○ 시인의 시는 그녀에게 시원한 강바람이요 청량제, 삶의 위로였다. 거친 세파를 항해하는 데 유익한 지원군이기도 했다.
  세상살이가 외롭고 버거울 때, 소망하던 일이 기대와 정반대로 어그러지거나, 어떤 기존 세력에 의해 방해받을 때, 그의 시는 그녀의 상처받은 영혼을 확실한 방법으로 치유해 주었다. 고요하고 고요히, 그녀의 기막힌 설움은 한을 품고, 순수 무구한 서포 선생에 대한 지극한 연민은 소설을 잉태하는가. 그녀는 그녀만의 특별한 소망이 매지리 들꽃처럼 고요히 피어오름을 체감한다.
  그녀는 매지리의 고요함에 잠겨 남해의 외딴섬 노도의 초가집에서 생을 마감한 서포 선생의 원혼을 풀어주는 살풀이 굿판을 벌인다. 열과 성을 다해 집중한다. 고위층 관료이면서, 신선이고 성자인 서포 선생에 대한 소설작품을 역사적 사실과 빼어난 허구 구사 능력으로 맛깔나게 저작할 수 있다고 자신한다. 그녀는 수시로 그 사실을 힘주어 복창했다.

글 가닥이 잘 풀려 발동이 걸리면 밥 먹는 것도, 잠자는 것도, 다 잊고 완전 집중, 몰입이 가능했다. 이게 행운인지 불행인지 그녀는 모른다. 오직 전심전력을 기울인다.

서포 선생은 세 번째 유배지 절해고도 남해에서 그의 억울함과 원통함보다도 먼저 그를 위해 상심하는 어머니, 윤 부인을 위로하기 위해 《구운몽》을 지었다. 몽중몽의 양소유를 등장시켜 8 선녀와의 현란한 사랑놀음으로, 스스로를 치유했고, 마침내는 모든 등장인물들이 불가로 회향하는 반전으로 그의 어머니의 뼈아픈 울화를 달래고자 했다.

어머니의 상심이 곧 그의 상심이었고, 서포 자신도 《구운몽》을 저작하면서 유배 생활의 고초와 번뇌, 망상을 다스렸을 터이다. 그녀는 김만중의 시련과 고초를 다 헤아리지는 못할지라도 독자로서, 또 한 사람의 저작자로서, 《구운몽》을 새롭게 읽으며 수시로 작의를 굳게 했다.

왕의 환국으로 희빈 장씨를 왕비로 만든 남인이 집권한다. 서인 계열의 김만중은 정치적으로 회복할 수 없는 길곡에 빠진다. 첫 번째는 강원도 금성, 두 번째는 평안도 선천에 유배됐다가 이듬해 풀려났다. 1689년 세 번째는 한양에서 아득히 먼 남해 노도 섬에 위리안치된다.

　1690년, 어머니 윤 부인의 부고를 듣고 절망 속에서 떨쳐 일어나 사력을 다해 저작 활동을 이어갔다. 이름난 효자였던 그가 어머니를 그리며 사친시(思親詩)를 짓고, 어머니 윤 부인을 위해 《구운몽》을 집필했다. 《사씨남정기》, 《서포만필》, 《선비정경부인행장》 등을 저작하며 문학가로서의 재주와 능력을 십이분 발휘하기도 했다. 1692년 늦은 봄 서포 김만중 선생은 경상남도 남해 노도 섬에서 쓸쓸한 죽음을 맞게 된다.

　그녀는 서포 선생의 파란만장한 일생에 대하여, 그의 선상에서의 탄생부터 56세에 타계하기까지의 과정을 그의 정치적, 문학적 행보를 중심으로 면밀히 돌아본다.

　아들 말대로 한 권으로는 부족할 것 같다. 서둘지는 말자. 긴 호흡으로 멀리 내다보고 보폭을 조절할 필요가 있다.

　그녀와는 아무런 전생 연고도 없는 서포 선생! 피도 물도 섞이지 않은, 330년 전에 타계한 서포 선생에 대해서 이처럼 뜨거운 열정을 표출하는 맹목의 중생 출현도 범상한 일은 아닐 것이다.

　설움은 한을 품고, 연민은 소설을 잉태하는 것인가. 그 귀추(歸趨)를 눈여겨볼 필요가 있다.

아기 방문객

𝄞

 아기가 왔다. 얼굴이 동그랗고 귀여운 아기다. 아기는 대문 안으로 발을 들여놓는다. 뒤뚱거리고 걸어온다. 걸음걸이가 어설프다. 넘어지지도 않고 아기는 곧장 마당으로 들어섰다.
 수진은 늘 이른 아침에 마당을 쓸고 나서 대문을 활짝 연다. 대문 밖 골목길을 쓸기 위해서다. 동쪽으로 난 대문으로 아침 햇살이 조명처럼 쏟아져 들어왔다. 갑자기 빛이 들어오자 마당이 넓고 밝아진다.
 아기를 발견한 수진은 잠시 어리둥절하다. 평소에는 대문에 빗장을 질러 문단속을 단단히 한다. 출퇴근할 때, 가족들이 들고나는 시간을 제외하고는 청색의 철 대문은 닫혀 있다. 아기는 그 시간 수진네 집 대문이 열려 있을 거라는 걸 알고 있었던가.

대문을 열어놓고 살 수 없을 만큼 세상인심이 급속히 변해버렸다. 아동용 위인전 동화책 같은 서적과, 화장품 가정 방문 판매는 자취를 감추었다. 경계할 일이 발생했기 때문이다. 골목에서 바지춤을 내리고 별스러운 짓거리로 등교하는 아이들을 놀라게 하는 변태자, 특정 종교를 믿으라며 소식지를 무단 살포하고 막무가내로 대문 안에 발을 들여놓고 일장 설교를 펼치는 광신자, 또는 발빠른 도둑이 가슴팍에 무기를 숨겨 넣고 눈 깜박할 사이에 집 안에 쳐들어와 돈을 달라고 주택가의 평화를 위협한 일 등이다.

  수진은 처음 보는 아기 방문객이 그래서 더 신기하다. 대문이 그 시간에 열려 있다고 해도 어떻게 낯모르는 집에 들어올 생각을 했을까.

  집 근처에 큰 관청이 있어 골목길은 노상 사람들의 왕래가 빈번했다. 수진은 길어야 5분에서 10분 정도, 대문을 열고 나가 후딱, 골목길을 쓸고 들어와야 한다. 출근 시간에는 골목길이 찻길보다 더 분주했다. 조금 늦어지면 감히 싸리 빗자루를 들고 골목에 나갈 엄두를 낼 수 없다.

  그 틈새를 뚫고, 이름도 얼굴도 모르는 처음 보는 아기가 집 안으로 들어온 것이다. 아기는 누구인가. 이웃에 아기 가족이 이사 온 것인가. 수진은 골목으로 나갈 생각을 잠시 접고 아기 방문객을 주시한다.

  겨울철 눈이 오는 날은 더 일찍 골목을 쓸어야 했다. 눈을 밟기 전에 쓸어야 비질이 수월했다. 수진네가 이 동네로 이사 오던 해는 눈이 20cm 이상 쌓여서 싸리비로는 어림도 없어, 삽을 들고 나가 사람들이 채 밟지 않은 눈을 쳐내기도 했다. 단독 주택에 사는 사람으로서 골목길 쓸기는 하나의 의무 사항에 속하는 일이었다.

집마다 개나리, 목련, 라일락꽃이 피어나는 계절에는 특별히 더 부지런을 떨었다. 개나리, 라일락꽃이 꽃비처럼 흩날려 낭만적인 풍경을 연출한다. 목련꽃의 새하얀 꽃잎은 두텁고 소담스러웠다. 꽃 피어 있을 때의 우아함과 정결함과는 정반대로 꽃이 땅에 떨어지면 당장 누렇게 산화되면서 골목길의 천덕꾸러기로 변했다.

골목 쓸기는 수진에게 기분 좋은 하루를 여는 첫 순서였다. 이웃 사람과 소통하는 시간이기도 했다. 너나없이 손에 빗자루를 들고 자기 집 앞을 청소하러 나온다. 골목 끝 집 철이네 엄마도 작고 똥똥한 몸매를 날렵하게 움직여 빗자루를 들고나와 집 앞을 시원스레 쓸었다. 철이네 엄마는 거의 빠지는 날이 없다. 철이네 옆집 영신이네 할머니는 하얀 머리카락을 흩날리며 골목에 그냥 서 있기도, 골목을 쓸기도 하면서 아침 햇살을 즐기는 풍경도 심심찮게 만날 수가 있었다.

집 밖으로 잘 나오지 않는 이웃은 바로 수진네 옆에 사는 동식이네였다. 그이는 할머니로 부르기에는 다소 이른 듯했다. 그 댁은 할아버지가 훨씬 더 늙어 보였다. 동식이 누나가 시집갔고 동식이는 대학생이다. 그렇다고 아줌마로 호칭하기는 수진이 편에서 보면 조금 예의를 벗어나는 것 같았다. 수진은 골목에서 동식이네 할머니를 마주치게 되면 호칭 대신 눈으로 또는 미소로 인사를 대신하곤 했다.

집에 들어온 아기가 낑낑대면서 마루로 올라가려고 했다. 수진이 다가가 아기를 안아 올려 마루 끝에 앉게 해준다.

- 아가야! 너 요기 가만히 앉아 있어.

수진은 골목길을 쓸고 집 청소를 한 다음 시장으로 달려가야 한다. 가족들의 저녁 식사를 위해 시장을 보아다 놓고 문화센터에 역사 공부를 하러 가야 한다. 초, 중생 셋을 기르는 그녀는 아침 시간뿐 아니라 저녁 시간에도 자신의 개인적인 일에 활용할 시간이 넉넉하지 않다. 늘 동동걸음으로 하루를 시작하고 하루를 마감한다. 아기가 마루에서 몸을 일으킨다. 수진이 아기를 안아 마당에 내려준다.

- 찌찌! 찌이!

스피가 울타리 밑 제집에서 나왔다. 아기는 스피를 보고 여치 울음 같은 소리를 냈다. 스피는 미견이다. 깔끔하고 사랑스러운 개다. 수진네 집에 온 지 4년이 되어간다. 가족들의 사랑을 듬뿍 받고 있다. 아기를 보고 짖지 않는다. 아기 곁으로 슬며시 다가오면서 짖지 않다니 놀라웠다. 작은 생명, 저들은 구면이었던가. 아기도 스피가 다가오자 찌찌 찌이! 알 수 없는 소리를 내며 별로 놀라는 기색이 아니다.

- 스피! 저리 가 너, 집으로 들어가!

수진은 저리 가라고 쫓아내는 시늉을 한다. 스피가 주인의 거부 의사를 알아차리고 제집으로 들어가 엎드린다.

- 아가야! 너 어디서 왔어?

수진은 아기 방문객이 반갑다. 이른 아침 아기 손님이 귀엽고 예쁘다. 몸에 착 달라붙는 연두색 바지에 노란색 티셔츠를 입었다. 바비 인형 같기도 하고 봄날 개나리 꽃잎에 앉은 나비 같기도 하다.
아기가 손을 들어 대문을 가리킨다. 대문 밖에서 왔다는 뜻 같았다. 아기는 다시 마루에 올라가려고 한다. 신발을 신은 채였다. 망설이거나 두려워하지 않는다. 수진이 얼른 다가서서 아기의 신발을 벗겨준다. 하얀 줄이 그어진 검정 운동화였다. 신발도 아기처럼 앙증맞고 깜찍하다.

- 엄마는 어디 갔어?

옆집 동식이네 큰딸이 시집간 것은 알고 있었지만 아기를 본 적은 없다. 얘가 대체 누구지. 그녀는 부쩍 호기심이 일었다.

- 아가야! 너 이름이 뭐야?

아기는 아무런 대답도 없다. 마루에서 곧장 방으로 들어갈 태세다. 방은 아직 청소 전이다. 아기가 들어가서는 안 된다.

- 아가야! 이리 와. 내가 딸기 줄게.

수진이 접시에 딸기를 담아왔다. 방으로 들어가려던 아기가 몸을 돌린다. 딸기 접시를 보자 다가온다. 딸기를 주먹으로 움켜쥔다. 주먹에 움켜쥔 딸기를 입안으로 밀어 넣는다.

- 마이쩌!

수진이 이름을 물었으나 아기는 딸기에 열중한다. 딸기 물이 볼을 발갛게 물들인다. 수진이 아기의 단발머리를 손으로 쓰다듬어 준다.

- 아가야! 너 몇 살이야?

아기가 수진을 멀뚱히 바라본다. 딸기 물이 묻은 세 손가락을 펴보인다. 수진이 깜짝 놀란다. 아기의 손바닥에 흉터가 있다. 넘어져 예리한 물건에 찔렸을까. 칼 자국인가. 수진이 아기의 손을 다시 펴 본다. 손바닥 전체에 딸기 물이 들었으나 그것은 틀림없는 흉터였다. 수진은 갑자기 무서운 생각이 들었다.

- 너 집 어디야? 어디서 왔어? 엄마는 어디 있어?

아기에게 질문이 쏟아진다. 아기 손바닥의 상처 때문이다. 여리고 부드러운 아기의 손바닥 흉터가 심상치 않았다. 그녀는 퍼뜩 정신이 들었다. 마냥 시간을 지체할 수는 없다. 집안일을 종료하고 외출 준비를 해야 한다는 사실을 환기했다.

- 아가야! 너 집에 가.

수진은 아기 입 주위와 손을 물수건으로 닦아준 후, 아이들이 즐겨 먹는 비스킷 봉지를 아기 손에 들려준다. 아기 손을 잡고 대문 밖으로 나간다. 동식이네 할머니가 주춤거리며 수진이네로 걸어오고 있다.

- 아니! 미정아! 너 여기 왜 왔어? 혼자서 막 돌아다니면 어떻게 해? 내가 얼마나 찾았는지 알아?

- 어머나! 손녀딸이세요? 아기가 우리 집에 놀러 왔나 봐요.

- 아니, 얘가 이런다니까요. 대문 열린 집만 보면 아무 데나 막 들어가요. 야단쳐서 보내셔야죠.

- 어디 사는 누구인지 몰라서요.

#

수진은 한동안 일이 바빠 골목길을 쓰는 것도 잊고 지냈다. 문화센터 글 숙제와 역사 공부로 한동안 아기 방문객은 볼 수가 없었다. 어느 날 골목길을 청소하러 나갔다가 철이네 엄마를 만났다. 철이네는 수진네 막내와 같은 학교에 다니는 아들이 있다. 한 달에 한 번씩 H 초등학교 어머니 교실에 함께 출석하는 친숙한 이웃이다. 철이 엄마가 물었다.

- 그 미정이란 아이 요새도 집에 와요?

- 아니요, 근데 왜요?

- 글쎄 그 아이가 미혼모가 버린 아기라네요. 애 아빠가 다 같이 죽자고 갈을 휘둘러서 애 엄마도 다치고 아기도 나졌나는네요. 걔 엄마는 학교에서 퇴학당하고 약을 먹고 자살하려고 했다지 뭐예요?

- 저도 아기 손바닥을 보고 무슨 사연이 있나 보다 했어요. 아이는 귀엽던데요.

- 인형처럼 귀엽게는 생겼는데 한밤중에 서럽게 울어서 탈이래요!

아기의 정체가 밝혀지기 시작했다. 한밤중에 아기 울음소리가 골목 안 사람들의 밤잠을 설치게 했다. 전에는 우는 소리가 골목 안까지 들리지 않았다. 갈수록 한 시간 두 시간 길게 오래 울었다. 그 울음소리는 몹시 구슬프고 서러웠다. 한이 맺힌 듯했다.

- 여보! 이게 무슨 소리야? 당신도 듣고 있어?

경랑(鯨浪) 씨가 자리에서 벌떡 일어나면서 수진에게 물었다. 보통 때는 코를 골면서 잘 자던 경랑 씨가 잠을 깼다. 시간은 새벽 2시였다.

- 옆집 아기예요. 밤에 저렇게 운다고요.

- 당신은 알고 있었다고? 그런데 왜 한밤중에 울고 난리야?

- 제 엄마가 그리워서 운대요. 날 새려면 아직 멀었어요. 더 주무세요.

옆집 동식이네 집에서는 아기 울음소리뿐 아니라 어른들이 다투는 소리도 들려왔다. 큰 소요였다. 물건을 부수거나 소리를 지르는 것도 감지되었다.

철이네 엄마 말로는 동식이네 할머니가 생활비에 보태려고 남의 아기를 데려와 길러준다고 했다. 할아버지의 동의를 받지 않고 아기를 데려와 아기가 한밤에 몹시 울기까지 해서 자주 싸움이 난다고 했다.

- 그러게 내 뭐랬어. 집 팔고 이 동네 뜨자니까. 당신 내 말 안 듣고 고집 피우더니 밤중에 잠도 못 자게 하잖아.

- 아니 왜 그래요? 이렇게 공기 좋고 편리한 동네를 왜 떠요?

수진은 남편에게 즉각 응대한다. 골목을 빠져나가면 관청, 은행, 우체국, 시장, 병원, 유명 대학 등, 각급 학교가 인근에 있다. 큰길에서는 꽤 고급으로 지어진 연궁 빌라, 그 위로 6.25 한국 전쟁 때 치열한 전투가 벌어진 연희 고지가 보인다. 현재 그곳은 산책 코스다. 동네 사람들이 산나물 뜯고 약수 길으러 자주 오르내린다. 교통 또한 동서남북으로 연결되어 편리한 곳이었다.

- 그럼 저 소음을 날 보고 견디란 말이오?

- 아기가 오기 전에는 조용했다고요. 당신이 조금 참으세요.

수진네뿐이 아니었다. 집집에서 남정네들까지 나서서 온 동네를 벌집 쑤시듯 잠 못 자는 불만을 토로했다. 아기가 하도 울어서 동식이네 할머니가 아기를 업고 밤중에 집 밖으로 나온 때문이다. 한밤 소요는 한 집에서 출발, 수진네를 비롯해 골목 안팎으로 확산되었다.

미정 아기의 울음소리는 골목을 휘돌아 큰길까지 소문이 퍼졌다고 했다. 처음 올 때는 울지 않은 것 같았다. 울지 않으니 아기에 대해서 누구도 잘 알지 못했다.

동식이네 할머니는 아기가 수진네 집에 왔다 간 이후부터 더 심하게 울기 시작했다고 원망 비스름하게 말했다. 낮에는 그럭저럭 잘 지내다가 한밤에만 울었다. 초저녁에 한숨 자고 오줌 누러 나오면서 울음보를 터뜨린다는 동식이네 할머니의 설명이었다.

제 나이보다 왜소해 보이는, 3살밖에 안 된 아기 울음소리가 얼마나 크고 구성지고 애달픈지, 그 울음소리를 잠시만 들어도 사람들은 애간장이 녹았다. 잠을 못 자기는 수진도 마찬가지였다.

- 우는 아기가 그 집 손녀딸이래?

- 아니에요. 전에 아기가 우리 집에 놀러 왔더라고요. 저도 그날 처음 보았어요.

- 그런데 그 아기는 왜 깊은 밤에만 울어? 잠깐 울다 그치는 게 아니고 장시간 울어서 내가 다 잠이 깨잖아.

수진이 자리에서 일어나 앉았다. 남편까지 깨어났으니 다시 잠들기는 어렵게 되었다.

- 아동보호소에서 매일 입소하는 아기들을 다 수용하지 못하니까, 육아를 원하는 집에 분유와 육아용품, 제반 비용을 제공하고 입양해 준다고 해요.

- 그럼 돈을 받고 남의 아기를 길러주는 건가?

- 네. 그런 셈이죠. 보호소에서 1년이면 1년, 기간을 정하고 육아를 개인 집에 위탁한다고 해요. 아기들이 너무나 많이 들어오니까 감당이 안 돼서 그런다고 하는데, 예상외로 아기를 원하는 위탁가정들이 꽤 있다고 하네요. 운 좋게 미국이나 다른 외국에 입양이 되면 위탁가정은 그때 또 다른 아기를 일정 금액을 받고 기르게 된다고 해요. 옆집 아주머니도 보호소 아기를 입양했다나 봐요.

- 밤중에 울지만 않으면 누가 뭐라 하겠어. 요즘 회사 일이 복잡하게 돌아가니 내가 신경이 예민해진 모양이야. 밤에 잠이 깨

게 되면 막 화가 난다고.

- 그래도 아기는 참 예뻐요. 미정이가 우리 집에 가끔 와요.

- 예쁘다고? 너무 가까이 하지는 말아요. 혹 사고 친 미혼모 아기일 수도 있어요.

- 저도 그게 께름해요. 아기가 뭘 알겠어요. 아기는 그냥 아기일 뿐이에요.

수진네 부부는 한밤중에 잠이 깨서 옆집에 입양한 아기에 대해 이야기했다. 한번 잠이 깨면 더는 잠이 오지 않았고, 그런 밤이 계속되자 아기의 출생이 더욱 궁금해지기 시작했다.

수진은 하던 대로 집 마당을 먼저 쓸고 나서 대문 밖으로 나갔다. 골목길은 전날과 비슷하게 늘 그만큼씩 어질러져 있었다. 싸리비가 지나가는 대로 골목은 깨끗하게 정리되는 느낌이 들었다. 미정이가 쪼르르 수진에게 달려왔다. 밤에 몹시 울어서 시장했던가. 미정이는 막대 사탕을 입에 물고 있었다.

- 미정아! 안녕!

수진이 비질을 멈추고 미정을 바라본다. 미정이도 동그란 얼굴에 큰 눈을 반짝이면서 수진을 바라본다. 스피도 제 집에서 나와 어슬렁거린다.

- 찌찌 찌이!

미정이가 수진에게 달려와 안긴다. 눈치 빠른 스피가 제집으로 들어간다.

- 미정아! 아휴 이게 뭐야?

미정이 손이 끈적끈적하다. 수진이 미정이를 수돗가로 데려간다.

- 이거 먹지 마! 찌찌야(나쁜 거야)!

수진은 미정이 손에 든 막대 사탕을 내려놓고 손을 씻긴다.

- 미정이 밥 먹었어? 우리 밥 먹을까.

수진이 먹으려던 소고기뭇국에 밥을 말아 미정에게 숟갈을 쥐여 준다.

- 어휴! 잘 먹네. 미정아, 맛있어?

미정이는 밥을 곧잘 떠먹는다. 밤에 하도 울어서 배가 고팠던가. 밥 먹는 동작이 급하다. 어린애치고 야무지다.

- 응. 마이쪄.

볼이 불룩하도록 밥을 퍼 넣으며 살짝 웃음을 짓는다. 수진은 미정이를 보면 볼수록 정이 간다. 어찌나 서둘러 먹는지 식탁에 밥풀이 떨어진다. 미정이 옷에도 얼굴에도 밥풀이 붙었다. 수진은 미정이 밥숟갈 위에 생선도 얹어주고 김치도 조그맣게 잘라 얹어준다.

- 자아, 미정아. 물 마셔.

수진은 미정이를 욕실에 데리고 가서 밥풀이 엉겨 붙은 얼굴도 말끔하게 씻겨주었다.

- 미정이 예뻐! 예뻐!

로션을 미정이 얼굴에 발라주며 예쁘다고 칭찬했다.

- 미정아! 이제 집에 가야지! 할머니가 기다리신다.

수진이 미정 아기를 데리고 대문 밖으로 나갔다. 동식이네 할머니가 사태를 짐작한 듯, 골목에 서 있다.

- 아니 너 또 마실 갔어? 조그만 게 아침부터 왜 벌벌거리고 다니냐. 거참!

- 안녕하세요?

- 밤새 남들 잠도 못 자게 울음판을 벌이다가 날만 새면 쪼르르 댁네로 달려가니 무슨 조화 속인지 모르겠네.

수진은 새로 시작한 공부가 버겁고 늘 시간에 쫓겼다. 가을, 겨울이 지나가고 새봄이 왔다.

#

구급차 사이렌 소리가 새벽 거리에 요란스럽게 울렸다. 40대로 보이는 여자가 Y 시 종합병원 응급실에 실려 왔다. 빙판에 미끄러져 골절상을 입은 환자였다.
때아닌 봄눈이 무섭게 내려 골절 환자는 그녀 말고도 여러 사람이었다. 병실이 나지 않아 응급실에 대기하는 환자는 다섯 명이 더 있었다. 한나절이 지나도 병실은 비지 않았다. 수진은 보호자도 없는 객지에서 응급실 병상에 홀로 누워 있다.

- 삼월 삼진 기도에 참석하도록 해요. 제대로 공부하려면 큰스님 특강을 이럴 때 더 많이 들어두어야 해요.

비구니 스님은 스무하루 기도행사에 참석하라고 수진을 독려한다. 원근 각처에 이름난 큰스님은《법화경》뿐 아니라, 전세에 복희 씨 시대를 공유한 분처럼, 갑골문자와《주역》에 대해 밝았다. 공부를 폭넓게 해야 소설도 잘 쓸 수 있는 거라면서 강력하게 유도했다. 그녀의 현실은 먼 지방, 더구나 아직도 겨울 추위가 이어지는 산사에 출행하는 것은 무리였다. 비구니 스님의 간곡한 권유에 그만 무리를 저지르고 만 것이다.

한 이틀 철야기도에 참석하고 큰스님을 뵙고 되돌아올 요량이었다. 무리가 무리를 낳았다. 밤새워 산(山) 기도를 마치고 산에서 내려오다 수진은 미끄러졌다. 입춘이 지나 남녘에선 꽃소식이 북상하는데 산간은 겨울 추위가 여전했다. 눈이 수시로 펄펄 날렸다. 한번 내린 눈은 낮에도 녹지 않았고, 눈은 계속 내려 두꺼운 빙판을 형성했다.

산의 사정을 모르고 산에 들어온 것은 그녀의 실책이었다. 왼팔이 패딩 코트 속에서 덜렁거렸다. 골절상이었다. 수진이 말고도 그 밤 여러 사람이 넘어져 다쳤다.

― 일인실도 빌 때가 거의 없고요, 이인실은 조금 전에 한 분이 퇴원했습니다. 병실 정리 마치는 대로 입원 수속을 밟을 수 있어요. 다인실보다는 입원비가 좀 부담은 되죠. 이인실도 괜찮으세요?

수진은 이인실도 다행으로 여긴다. 간호사의 지시에 따랐다. 이인실은 중환자실 바로 옆방이었다. 밤에는 죽어 나가는 환자 때문에 통곡 소리가 크게 들리는 방이었다. 입원하고 나서야 그런 사연을 들을 수 있었다.

수진은 병실이 정해지자 곧바로 수술에 들어갔다. 그대로 두면 팔이 비뚤어진다는 담당 의사의 진단이었다. 기본적인 검사 외에 영상의학과로 이동해서 MRI 촬영을 했고, 그다음 전신 마취를 한 것 같다. 정신이 아득해지면서 그 이후는 전혀 기억이 안 난다.
 마취가 깨면서부터 통증의 강도가 극을 치달았다. 전신에 경련이 일어나고 머리가 순식간에 돌아버리는 것 같다. 그야말로 미치기 직전이다. 네 시간마다 진통제를 맞았다. 네 시간이 되기도 전에 다시 극심한 통증이 찾아왔다. 각 병동이 소등을 하고 병실마다 환자들이 다 잠들어도 수진은 혼자 병원 복도를 배회했다. 앉을 수도 누울 수도 없다. 하룻밤 사이 머리칼이 하얗게 변했다.
 죽음 같은 시간이 어떻게 흘러가는지, 한밤에 옆방 중환자실에서 통곡 소리가 들려와도 수진은 그게 무엇을 뜻하는지, 왜 울음소리가 끊이지 않는지 미처 생각을 못 한다. 쇠꼬챙이를 박은 왼팔과 왼쪽 몸이 몽땅 무너진 듯 얼이 빠져 있었다.

 몇 날이 흘러갔다. 수진이 가까스로 정신을 수습한다. 옆 병상에는 10대로 보이는 어린 여자가 입원 중이었다. 병상이 나란히 있는 게 아니고, 침대 하나는 세로로, 또 다른 병상은 가로로 놓여져 있어 서로 얼굴 보기가 어려웠다. 욕실이 하나뿐이니 옆의 환자와 슬쩍 마주치기는 했다. 얼핏 보아 얼굴이 동그랗고 눈이 커 보이는 앳된 소녀였다.
 사인 실, 육인 실은 공동욕실을 사용하는 데에 비하면 이인실은 그나마 편리했다. 거슬리는 점은 중환자실에서 매일 사람이 죽어 시도 때도 없이 곡소리가 들려왔다. 통증이 극심한 수진은 거의 밤잠을 설쳤다. 팔의 생뼈에 길이 20~30cm의 무거운 쇠꼬챙이를 박았으니 옆방이 조용하다 한들 잠을 잘 수가 없다.
 수진은 객지에서 환자 생활을 지탱하기가 쉽지 않았다. 환의를 갈아입거나 샤워를 할 때는 비상벨을 누른다. 간호사가 달려와 도와주곤 했다.
 처음에는 그렇듯 일일이 남의 손을 빌려서 머리도 감고 샤워도 했다. 차츰 그 생활에 익숙해지자 수진은 한 손으로 머리를 감아 보려고 시도한다. 침상에서 엎치락뒤치락했다. 일어나기도 내려오기도 한쪽 팔로는 어려웠다.

- 어머나! 아줌마! 팔을 다치셨어요? 많이 아프신가 봐요.

 돌연 옆 침대의 소녀가 다가와 말을 걸었다. 수진이 오기 전부터 이인실에 입원 중인 소녀였다. 얼굴이 보얗고 통통한, 열일곱? 어쩌면 고등학생이거나 아무리 많이 보아도 스물 안쪽으로 보였다. 수진이 이인실에 온 지 수일이 경과하는 사이 정면으로 마주친 건 그때가 처음이었다.

- 제가 도와드릴게요!

 소녀는 스스럼이 없다. 수진을 침대에서 일으킨다. 상체를 수그린 소녀의 이마에 제법 크게 난 자상(刺傷)이 보였다. 수진이 놀란다. 소녀의 상처를 보자 수진은 겁이 났다. 소녀가 수진을 부축하여 욕실로 들어갔다. 수진은 사양하고 싶다.

- 잘하면 내가 할 수 있을 것 같은데.

- 아니에요. 뭐든지 어려우신 일은 저를 시키세요.

- 학생은 어디가 아파서 병원에 왔어?

 수진이 소녀를 학생으로 불렀다. 소녀는 못 들었는가. 수진을 세

면대에 세우고 허리를 구부리게 한 후 머리를 감기기 시작했다. 물줄기가 목을 타고 등허리로 뿜어진다. 잠시 후 약식으로 머리 감기는 끝났다. 약식이건 건성이건 수진은 한결 개운했다. 좋은 이웃을 만난 듯 기분이 좋았다.

- 산책하러 나가실 때는 저랑 같이 가셔요! 제가 부축해 드릴게요!

- 학생! 고마워요.

소녀는 수진의 물 젖은 머리를 수건으로 털어내고 빗질을 하더니 제자리로 돌아갔다. 간호사가 와서 혈압을 재고 증상을 물었다.

- 잘 주무셨어요?

- 저거 보세요. 베개를 높게 쌓아 올렸어요. 팔을 올려놓고 자려는데 잠을 잘 수가 없어요. 진통제를 놔주세요.

- 진통제 자꾸 맞으시면 안 좋은데 어쩌나. 생뼈에다 쇠를 박았으니 오죽 아프시겠어요? 그래도 식사는 거르지 마세요. 잘 드셔야 빨리 나으십니다. 입맛 없으시더라도 많이 드세요.

수진의 병원 생활은 고통 가운데 선한 간호사와 옆 침상의 소녀

덕분에 근근 견뎌내고 있었다. 정형외과는 세월이 약이라고 한다. 속병보다 그래도 정형외과 병은 희망이 더 있다고 했다. 수진은 막강한 뼈 아픔과 중환자실의 통곡 소리에 희망은 아예 꿈도 못 꾼다. 눈물조차 나오지 않으면서 지옥 터널을 헤맨다.

 수진 또래의 아주머니가 소녀 환자를 문병왔다. 소녀는 수진에게 자신의 이모라고 소개했다. 이모가 수진에게 인사를 한다.

 - 저런 많이 다치셨군요. 한겨울에는 눈이 뜸하더니 봄 되니까 막 퍼부었지요. 도시에서는 눈이 와도 잘 녹는데~.

 수진은 점심 식사 후 곧바로 진통제를 맞았다. 진통제는 몸이 늘어지면서 막무가내로 잠을 불러왔다.

 - 은수야! 네 병은 병원에 누워 있다고 낫는 병이 아니야. 네가 마음먹기에 달렸어. 아무리 철없다고 해도 왜 아이랑 진섭이랑 다 같이 죽으려고 했니? 한 번도 아니고 또 약을 먹었어? 대체 어쩌려고 그러니? 그런다고 너의 아버지가 용서할 것 같으냐? 엄마도 하늘나라 가고 없는데 너의 아버지는 무슨 낙이 있겠니? 네가 그 녀석만 만나지 않았어도, 네 아빠가 그처럼 분노하지는 않았을 게다. 하나밖에 없는 딸내미가 애까지 낳았으니 네 아빠는 얼마나 한심하겠니. 애를 낳았으면 어미

노릇을 해야지 애까지 죽일 작정이냐? 어린 게 칼에 찔렸으니 얼마나 놀랐을까. 너도 그 이마에 난 상처 성형을 하든지, 병원에만 엎드려 있으면 어떻게 할 거야?

소녀의 이모가 한숨을 쉬는가, 눈물을 훔치는가. 긴 사설이 갑자기 끊겼다.

- 이모! 그만해! 나 죽고 싶었는데 이 병원에 와서 마음 변했어요. 중환자실에서 밤마다 사람이 죽어요. 처음에는 무서워서 잠자다가 나도 막 울었어. 사람들이 슬프게 우는 거 보니까 나도 죽으면 안 될 것 같아요.

- 그래! 생각 잘했다. 내일이라도 퇴원하고 나랑 서울 올라가자. 아동보호소에 가서 미정이를 데리고 나오자. 미정이가 잘 있기나 한지 원. 쯧쯧.

수진이 일부러 들으려고 들은 건 아니었다. 잠시 혼수에서 깨어나 옆 침대의 정황을 듣게 되었다. 이인실은 옆 방의 통곡 소리만 아니면, 움직임이 전혀 없는 고요 공간이었다.

- 다른 거 생각할 것 없다. 네가 얼른 몸 추스르고 집에 가야 네 아빠도 마음을 잡을 거 아니겠냐. 다시는 죽는다고 칼로 찌르

고 약 먹고 그딴 짓 하지 마라. 혈육이라고는 너 하나뿐인데 네가 이러고 있으면 어떻게 해? 미정이는 무슨 죄냐. 한때의 실수로 치고 기왕 세상이 다 아는 일, 미정이를 데려와 잘 길러보자. 이모가 도와줄 거야.

은수가 빵! 울음을 터트린다. 울음소리기 크게 들렸다. 옆 침상에 수진이 누워 있다는 사실도 망각한 듯했다.

- 이모! 내가 잘못했어요. 학교에서 엉! 엉! 집에 오면 아무도 없고 쓸쓸했어요. 엉! 엉! 엄마도 보고 싶고 죽고만 싶었어요.

- 은수야! 이모가 네 맘 다 알아. 내일이라도 의사 선생님께 여쭤보고 결단을 내리자. 은수야! 사람은 누구나 실수를 한단다. 실수한 줄 알면 됐어! 은수야 힘내!

수진은 왼팔의 고통이 극에 달했다. 신음소리도 내지 못한다. 옆 병상에서 도란도란 이야기하는 내용을 듣고는 기척을 내기가 거북스러웠다. 진통제를 연속 맞았다. 진통제 주사를 맞으면 30분 정도 지나 잠을 잘 수 있다. 그 방법 외에는 통증에서 잠시도 놓여나기 어려웠다. 중환자실의 통곡 소리에 곧 깨어나곤 했지만.
　중환자실의 죽음은 자연사가 아닌 듯, 그 울음소리가 처연하다 못해 비극의 절정 같았다. 애간장이 무너지는 울음소리, 생사가 갈리는 별리의 고통에 뼈가 녹아내리는 듯했다. 매일 사람이 죽어나가는 중환자실 통곡 소리가 소녀 환자에게 깨달음을 준 것일까?

Y 시 종합병원 옥상에는 철쭉꽃이 활짝 피어났다. 진분홍, 흰색, 연분홍 철쭉꽃은 소담하고 화려하다. 낙동강 강변에는 벌써 여름 기운이 감돌면서 갯버들이 푸릇푸릇 나날이 짙어갔다. 집집의 모란과 석류나무 가지에 꽃봉오리가 벌어져 철망 울타리 밖으로 그 어여쁨을 보여주기 시작했다.

수진은 쇠꼬챙이가 박힌 왼팔을 위로 쳐들어 본다. 모처럼 용기를 내려고 안간힘을 쓴다. 옥상 정원에 올라가 볼까. 옥상 정원에는 철쭉꽃이 한창이라고 했던가. 소나무 동산이 있다고 했던가.

옆 병상의 소녀는 며칠 동안 보이지 않은 것 같다. 아직 병실에 있는지도 수진은 알지 못한다. 수진의 통증은 시간이 많이 지나가도 덜하지 않았다. 팔에 깊숙이 박혀 있는 쇠꼬챙이를 뽑기 전까지는 그 극렬한 통증 수위는 변동이 없을듯하다.

진통제를 맞아야만 쪽잠이라도 잘 수 있었다. 쪽잠을 자고 나도 정신은 몽롱하고 아득했다. 사람들의 말 그대로 정형외과는 세월이던가. 그 세월을 수진은 오직 인내로 기다려야 한다. 경랑 씨가 전화했다.

- 회사 일이 바빠서 내가 당신 보러 Y 시까지 내려가지 못하니 어떻게 하지? 당신 계좌로 돈은 넉넉하게 보냈으니 먹고 싶은

것 주문해 먹고 건강 잘 추스르라고. 우리 애들은 애들 고모가 와서 잘 돌보고 있으니 걱정하지 말아요.

- 고마워요. 팔에 부착한 쇠꼬챙이를 빼면 통증도 덜하고 집에 갈 수 있을 것 같아요.

- 아! 그래요! 참, 그 미정이라는 아이가 당신을 찾는 것 같아. 내가 출근할 때 보면 우리 집 대문 앞에 그 애가 우두커니 서 있더라고.

- 어머! 그래요? 귀여운 녀석!

 순간 수진은 갑자기 환희심이 솟구쳤다. 어디서부터인지 모르게 힘이 났다. 왼팔의 통증도 훨씬 가라앉는 기미였다. 수진이 자리에서 일어나려고 한다. 왼쪽 팔을 사용할 수 없으니 몸을 뱀처럼 옆으로 뒤틀어서야 겨우 움직일 수 있었다.
 쇠꼬챙이가 어지간히 무거웠고, 팔을 내리면 상처 부위가 더욱 욱신거렸다. 조금만 스쳐도 극심한 통증에 심신이 자지러졌다. 수진이 왼팔을 높이 쳐들고 옆 침대로 주춤거리며 다가갔다.

- 아니? 이럴 수가?

옆 침대는 비어 있었다. 산책하러 갈 때 같이 가준다던 은수라는 소녀는 없다. 이부자리도 말끔히 치워져 있었다. 수진은 다시 자기 침상으로 돌아와 비상벨을 눌렀다. 간호사가 달려왔다.

- 부르셨어요? 어디가 안 좋으세요?

- 이거(쇠꼬챙이) 몹시 아파요. 무겁고요. 저는 언제 집에 갈 수 있을까요?

- 아참, 김은수 환자 퇴원했어요. 음독자살 미수로 우리 병원에 왔는데 건강이 거의 회복되었어요. 학생 아버지가 새벽에 오셔서 데리고 가셨어요. 새벽이라 오수진 님에게 인사 못 드리고 간다고 전해달라 했는데 제가 깜박했습니다. 죄송해요.

- 혹시 김은수 환자, 저에게 주소 좀 알려주실 수 있을까요?

- 글쎄요. 담당 선생님께 여쭤보아야 할 것 같은데요. 오수진 님의 팔은 아직 뼈가 잘 붙지 않았다고 하셨어요. 병원에 더 계셔야 할 거예요. 옥상에 철쭉꽃이 한창인데 행여 올라가시면 안 돼요. 절대 안정, 움직이지 말고 베개를 높게 하고 팔을 높이 올려놓으셔야 해요.

- 네! 감사합니다.

김은수 환자와 미정 아기? 그녀의 얼굴에 은근한 미소가 어린다. 짐작하는 바가 있다. 같은 병원, 같은 병실에 입원하여, 은수 소녀를 만난 게 보통 인연 같지 않았다.

병원의 옥상 정원에 철쭉꽃이 한창이라고? 올라가 바람이라도 쏘이고 싶지만 막막하다. 이래저래 옆 병상에 있던 소녀가 보고 싶다. 철쭉꽃이 지고 지금은 신록이 우거졌을까.

수진은 매일 달력의 숫자를 헤아렸다. 하루가 지나가면 다음 숫자부터 다시 헤아리기를 서른 날, 마침내 각종 검사를 거쳐서 영국에서 차용했다는 고가의 그 쇠꼬챙이를 뽑을 수 있었다. 팔뼈 깊숙이 들어간 쇠꼬챙이를 빼던 날, 수진은 앗! 소리도 못 내고 눈물을 흘렸다. 오른팔에 비해서 왼팔은 살이 깡말라 있고 몹시 가늘었다. 오래 물이 닿지 않아 허옇게 살 껍질이 덮여 있어 보기에 안쓰러웠다.

- 왼팔! 고생 많이 했어. 정말 미안해!

수진이 왼팔을 어루만지며 치하를 했다. 쇠를 뽑은 그날 밤 수진은 비로소 두 팔을 가지런히 하고 깊은 잠을 잘 수 있었다. 무려 4개월 만이었다. 넘어지고 나서 즉시 눈발 헤치고 달려간 T 시의 큰 병원에서 술에 취한 닥터가 팔을 끼워 맞추다가 오히려 뼈를 더 부스러뜨렸다는 것이다. Y시 소재 종합병원까지 원정 온 까닭을 수진은 뒤늦게 들을 수 있었다. 영문도 모른 채 쇠꼬챙이를 부착한 지 4개월 만이다. 담당 의사는 완전하지는 않지만, 수진의 팔이 그래도 다른 환자에 비해 양호하다고 말했다. 간호사가 체온을 재러 와서 다정하게 말했다.

- 어떠세요? 팔 움직여 보셨어요? 오수진 님은 성공이에요. 뼈가 영 붙지 않는 분들도 계시거든요.

- 저는 제 팔에 쇠를 왜 박았는지 몰랐고요. 아직도 쇠가 그대로 박혀 있는지 뺐는지 실감이 안 나요. 제가 긴히 드릴 말씀이 있어요. 옆에 입원했던 김은수 환자, 저에게 주소랑 전화 좀 가르쳐 주실 수 있겠어요?

수진은 짚이는 바가 있다. 옆 침대에 있던 그 소녀가 미정이의 생모라는 확신이었다. 퇴원하여 서울 집으로 가기 전에 미정이에 대해서 말해주고 싶었다.

- 환자의 정보는 함부로 말해주면 안 되어요.

병원 측에서 입원 수속 할 때 김은수의 신상은 물론, 음독자살 미수 정황을 파악했을 것이다. 소녀의 자살 소동이 어디 평범한 사건인가.

- 댁에 가시면 영양 섭취 잘하시고 얼른 회복하세요. 그동안 객지에서 고생하셨어요.

간호사는 은수 학생에 대해서 더 말을 하지 않고 식판을 꺼내 펼쳐준 다음 병실을 나갔다. 곧 식사 시간이다. 식판에는 자반고등어 접시가 놓여 있다. 매일 반찬으로 나오는 Y 시의 명물 간고등어가 그날따라 유난히 비린내를 더 풍겼다. 그 비린내가 모처럼 수진의 입맛을 당긴다.

#

수진이 Y 시 소재 Y 종합병원을 퇴원하고 떠나는 날이 왔다. 수진은 그동안 진료해 준 의료진에게 감사의 인사를 드렸다.

- 서울 가시면 저에게 꼭 전화하세요. 사과꽃 필 때 우리 집에 놀러 오시고요.

그 지역에 주소를 둔 환우들이 모두 따라 나와 수진에게 작별 인사를 했다. 몸은 다쳤을망정 문병객들이 가져온 쑥개떡도 환자들과 서로 나누어 먹는 매우 따뜻한 사람들이었다. 마음이 평화로웠다. 수진은 고속버스에 오르자 잠이 솔솔 쏟아졌다.

- 서울 다 왔습니다!

 누군가가 소리친 것 같았다. 서울특별시가 그녀에게 낯설었다. 창밖으로 보이는 거리 풍경은 생동감이 넘친다.
 왼팔은 조심스럽고 불편이 따랐다. 그러나 수진은 안도한다. 마음이 기쁘면서 급해진다.
 버스가 강남고속터미널에 정차했다. 수진은 침착하게 버스에서 내렸다. 지하철에 옮겨 타자 수진은 다시 졸기 시작한다.
 수진은 꿈속에서 봄 나비 같은 아기 방문객을 만나는가. 잠에 빠진 그녀의 얼굴은 그럴 수 없이 행복해 보였다.

훈수 두다

- 그리운 옛날은 지나가고

𝄞

 가을 햇살이 눈부시다. 토지문화재단 본관 오른쪽 우묵한 곳에서 모과나무가 모습을 드러낸다. 춘삼월에 피어나는 연분홍 모과꽃은 사랑스러웠다. 꽃이 진 자리에 어여쁜 꽃과는 전혀 어울리지 않는 모과 열매가 달린다. 바라보면 쿡! 웃음이 터져 나온다. 투박하고 제멋대로 생긴 모양새였다. 겉모양과는 다르게 모과는 기침과 목감기에 유효한 이유로 사람들에게 환영받는다.
 모과나무의 검푸른 잎 사이로 모과가 드문드문 보였다. 그런데 무슨 일일까. 몇 안 되는 열매가 빛을 잃은 듯 후줄근하다. 장독대 옆 모과나무도 전 같지 않다. 모과가 많이 열리지도 않았고 게다가 벌레가 파먹은 흔적이 있다.
 B 선생님께서 떠나시고 후임 이사장님도 떠나시니, 모과나무가

점차 생기를 잃었는가. 모과나무를 바라보는 마음이 서늘하다. 허리를 굽혀 땅바닥에 떨어진 모과 한 개를 집어 들었다. 상처투성이다. 대체 어떤 벌레가 돌덩이처럼 딱딱한 모과를 파먹은 것인가. 땅바닥에 떨어지면서 생긴 상처인가. 크기도 모양도, 향기조차 미미했다.

초가을 땡볕에 빌싶보사를 쓰고 밭이랑에 앉아 배추벌레를 잡던 B 선생님, 모과나무는 정녕 선생님을 기억하고 있는가. 모과나무는 선생님과 함께한 지나간 옛날이 그리워 시름거리는가.

땅에 떨어진 모과를 주워 와 모과 향기를 즐기고 싶다. 모과 형태가 너무나 초췌하다. 열악한 환경에서 돌봐주는 손길 없이 스스로 몸을 푼 미혼모처럼 지쳐 보였다. 모과 향기가 B 선생님을 따라 하늘나라로 날아갔거나 숫제 향기를 품고 있지 않은 것 같았다.

전에는 모과가 탐스럽고 잘 익어 녹색을 바탕으로, 연초록 미색 주홍 가히 파스텔 조의 은미(隱微)한 아름다움이었다. 땅바닥에 떨어졌어도 무게감 있고 쓸만했다. 그녀가 토지문화재단 집필실에 머무는 내내 모과는 그녀의 방에서 쉽게 시들지 않았고, 꽤 오래 향기를 뿜어주었다.

풀꽃도 보아주는 이가 있을 때 예쁘고 향기로운 꽃이 될 수 있다. 모과나무도 매혹적이고 가녀린 연분홍 꽃, 그 위에 감히 다른 식물들이 흉내 낼 수 없는 격 높은 향기로 선생님의 사랑을 듬뿍 받았을 터이다.

그녀는 불현듯 남해 노도 섬 적소에 서포가 심었다는 매화나무 두 그루를 상기했다. 서포는 한양에 계신 어머니 윤 부인이 보고 싶을 때 매화나무에 물을 주면서 기도하듯 매화나무를 돌보았다. 새봄이 돌아오자 매화나무에 꽃이 피었다. 한 나무는 진홍의 꽃송이를, 또 한 나무는 새하얀 꽃이었다.

매화가 발갛게 또는 순백의 봉오리를 터뜨릴 때면 모친과 처자 권속을 해후한 듯 흐뭇했다. 서포는 매화나무 두 그루가 꽃을 피우는 자태에서《사씨남정기》,《구운몽》,《서포만필》,《선비정경부인행장》을 연달아 저술할 동력을 얻은 것일까. 그는 환희심에 젖어 붓을 달려 저작에 몰두했을까.

서포 선생 사후, 서포 선생의 사위 소재가 장인이 유배 살던 곳으로 이배(移配)되어 왔다. 매화나무가 죽어가고 있었다. 너무나 가여워 옮겨 심으니 매화가 다시 살아났다. 소재 선생은 남해 귀양지에서 소천하신 장인 서포 선생을 그리워하며 〈매부〉[1]를 지었다.

무릇 사물에는 생기라는 것이 있는데 대개 성정과 지각이 있는 것과 같다.
마치 효자가 곡을 하면 무덤의 잣나무가 죽고 형제가 떨어지면 뜰 앞의 가시나무가 마르는 것이 바로 이것이다.

---

1) 〈매부(梅賦)〉: 1692년 소재 이이명 선생 지음(《소재집(疎齋集)》).

감응의 이치는 업신여길 수가 없다.
서포 공이 유배된 집에 일찍이 매화나무 두 그루가 있었는데 해마다 꽃이 피고 열매를 맺었다.
내가 동쪽 바닷가에서 옮겨와 섬 가운데 들어왔는데 (장인이) 이미 별세하여 북쪽으로 반장(返葬)하니, 두 그루 매화나무는 홀로 거친 뜰에 서서 말라 시들시들 죽어가고 있었다.
공께서 남기신 자취를 어루만지며 가엽게 여겨 적소의 집 앞에 옮겨 심으니 우거져 다시 소생하여 가지와 잎이 무성하고 온갖 꽃이 피어났다.
오직 매화는 그윽한 절개와 고결한 성품이라 공께서 좋아하셨다.
올바름으로 기미가 서로 가까우니 매화는 공이 살아서나 죽어서나 둘이 아닌 것이다.
참으로 선비가 자기는 이를 위하고 여인이 남편을 위하듯 그 뜻이 슬퍼할 만하니 부(賦)를 지어 기린다.

#

불타는 고을에 병은 나돌아도 풀과 나무는 잘 자라네.
옥에 티로 남쪽에 귀양 가니 매화가 미리 알았네.
뿌리 내리고 꽃을 피워 외로움을 달랬구나.
얼음 같은 마음과 눈 같은 살결 서로 비추어 밝히셨네.
거칠고 외진 만 리 땅에 두 아름다움이 만났구나.

사월에 해 질 무렵 산새가 날아드네.

중략(中略)

빈 뜰에는 긴 대나무 거친 울타리에 기댔구나.
슬퍼서 빛을 잃어 우수수 떨어지네.
아, 깨끗한 마음이여 너도 의리에 따르는구나.
영화와 고락에도 한결같은 절개여 텅 비어서 부끄러움 없구나.
굴원이 이소를 읊었지만 공에는 이르지 못했구나.
송경(宋璟)[2]은 이미 죽고 고산(孤山)[3]은 비었구나.
천 번의 봄을 만났었으나 이번 봄 갑자기 영원히 떠나가셨네.

하략(下略)

소재는 두 아름다움, 서포와 매화의 '의리에 따르는 깨끗한 마음, 한결같은 절개'를 기리며 서포의 혼을 부른다고 했다.

그녀는 모과나무로부터 쓸쓸히 발길을 돌린다. 소재의 매부를 연상하며 구내식당에 도착한다. 식사 시간 5분 전이다. 각지에서

---

2) 송경(宋璟): 광평군공(廣平郡公)의 봉호(封號)를 받은 당나라 문장가. 매화를 읊은 광평부(廣平賦)가 있다.

입주한 문화예술인들이 거의 모였다. 그녀 역시 집 밖의 밥, 때가 이르기를 고대했다. 그 시간은 생물학적 즐거움이었다.

 토요일, 일요일엔 식사를 제공하지 않는다. 그 두 날 동안, 구내식당에서 빵을 구워 먹거나 차가 있는 동료와 함께 원주 시내로 민생고를 해결하러 나가거나, 대부분 자신의 집필실에서 라면을 끓이거나 했다. 그럴 때마다 잘 익은 배추김치 한쪽이 얼마나 소중한지, 따뜻한 미역국 한 대접이 어찌나 귀한지 절감하는 계기가 되기도 한다.

 그녀는 우리나라에서 최초로 우아와 위엄, 고품격의 토지문화재단 건물을 신축하고, 집필실을 열어 후배 작가들을 지원, 독려해 주시던 B 선생님께 무한한 감사를 드리지 않을 수 없다.

 선생님과 선생님의 장장 25여 년에 걸친 대하소설《토지》를 떠올리면 그녀는 토지문화재단에서의 매 순간이 새롭고 엄숙했다. 한순간도 게으름을 피울 수가 없다. 게으름이라니 당치도 않다.

 소설가로 꽤 명성이 있는 S 작가는 이곳에 와서 시를 수십 편 저작, 본인도 놀랐다고 했다. 토지문화재단이라는 장소가 그를 일약 시인으로 승격시킨 것인가. 아니라면 상서로운 오봉산 정기에 힘

---

3) 고산(孤山): 송나라의 은자(隱者) 임포(林逋). 고산처사(孤山處士). 서호(西湖)의 고산에 띠로 엮은 집을 짓고 스무 해 동안 밖으로 나가지 않은 채 매화를 가꾸고 학을 기르며 홀로 살았다. 매화를 아내로 삼고 학을 자식으로 삼았다, '매처학자(梅妻鶴子)'라는 고사가 전한다.

입어 시 구절이 절로 분출되었거나. 그 이야기를 들으면서 우리들은 공감했다.

- 맞아! 맞는 이야기야! 나도 그런 느낌 알아.

- 그런 느낌이 어떤 건데?

- 누가 내 손을 붙들고 있는 것처럼 그냥 술술, 잘 써지는 묘한 경험?

각자 의견을 말하면서 힘껏 박수를 친 기억을 그녀는 잊지 않았다. 가야지 어서 가야지. 그냥 술, 술, 글줄이 잘 풀리는 영토로 떠나야지. B 선생님의 빛나는 문혼이 상존하는 문학의 성지로 가야지. 마음은 급한데 그녀는 갑자기 교통사고를 당해 병원에 저당 잡힌 시간이 길었다.

한 해가 거의 저물어 갈 무렵 겨우 시간을 내었고 그녀는 토지문화재단의 문객이 되었다. 서포 선생을 소설화, 그의 일대기를 한번 써보라는 둘째의 간곡한 요청을 받아들인 것이다. 목적이 분명한 창작 여행이었다.

- 왜 하필 유배 가서 최후를 마친 분의 이야기를 쓰려고 그러세요?

친근한 동료가 그녀의 결정이 요령부득이라는 듯, 한마디 던졌다.

- 역사소설 고증하고 확인 절차, 골치 팍팍 썩어야 가능해요. 한글 소설이라고 하지만 그 시절 유생(儒生) 선비들이 한글 소설을 인정했습니까. 언문, 심지어는 여성들이 선호한다고 해서 암글이리고 폄하했다고요. 다시 한번 서포 선생의 《구운몽》을 읽어보세요. 대학에서 고전문학을 전공하는 분들도 어려워해요.

등단 초기부터 줄곧 역사소설을 집필해 온 H가 복잡한 이론을 폈다.

- 저는 《춘향전》이 나을 것 같은데요. 이 도령과 성춘향의 로맨스 재미있잖아요.

- 어려우면 어려운 대로 진행하면 지혜가 나옵니다. 뭐는 어렵지 않은가요? 다른 걸 소재로 삼는다고 해도 어렵기는 마찬가지예요.

- 집 놔두고 왜 밖에서 글을 써요?

온갖 풍설이 횡행하는 가운데 그녀는 소리 소문 안 내고 그 가을 매지 회촌 마을로 옮겨 와 두어 달 은거를 자처했다. 먼저 입주생들의 간식을 손수 챙겨주시던 전임 이사장님의 묘소에 올라가 근조의 예를 드렸다. 어머니는 통영에 따님은 토지문화재단 뒷산에 사후 서로 떨어진 사정이 그녀는 애달팠다.

 식사 시간 외 모든 시간을 조선 후기의 충신이 최악의 역신이 된, 서포의 생애를 독파하고 섭렵하면서 그녀는 역사 학습과 집필을 병행해 나갔다.

 방 안의 전등 여섯 개를 다 켰지만 책상 위치가 빛이 들어오는 옆 방향으로 놓여 있어 자판 글씨가 잘 식별이 안 된다. 노트북이 하얀 바탕이어서일까. 그녀는 커피포트를 얹어놓은 정사각형의 검은 탁자를 끌어다 햇빛 비치는 베란다 바로 앞에 놓았다. 고려시대 골동품처럼 꽤나 무거워 절절맸다. 노트북을 그 위에 올렸다. 글자가 조금 더 잘 보였다.

 바닥에 앉고 보니 좋은 점이 있다. 바로 눈앞에 김장 배추와 무가 푸르게, 푸르게 잘 자라고 있는, '후생에 태어나면 일 잘하는 농부와 만나 살고 싶다.'는 B 선생님의 농토가 보였다.《토지》작가로서 흙 향기 풀풀 나는 심상한 발언이었다. 어쩌면《토지》의 주인공 서희의 소망인지도 혹 모르겠다. 강원도 산촌의 청량한 대기와 바람, 밝게 비추는 태양 아래 가을 채소 그것들은 윤이 자르르 흘렀다. 보는 눈이 싱그럽고 푸짐했다.

 몸을 돌리면 종점인 회촌 마을 입구에 정차하고 있는 시내버스가 보인다. 그 버스를 타면 언제라도 원주 시내를 달려 서울로 가는 시외버스터미널로 갈 수 있어, 해 질 녘에 집 생각날 때 내심 안도하는 기분이 들었다.

 사무실에서 스탠드를 새로 구입해 주어 책상 위에 밝고 환한 불이 켜져 있다. 그녀는 고려 시대 골동품 같은 탁자를 제자리에 도로 끌어다 놓았다. 뇌리에서 영혼에서 쏟아져 나오는 문장이 선연하게 향취를 남기기를 염원하며 작업에 매진한다.
 그녀가 사용하고 있는 모든 서적 자료는 9포인트였다. 주석은 그보다 더 작았다. 깨알 같은 글씨 보느라고 두 눈의 피로가 심하다. 그녀는 쉬고 싶었다. 쉬고 싶을 때는 단 10분이라도 쉬어주자, 몸의 요청을 외면하거나 등한히 하지는 말자고 다짐한다. 침대에 몸을 눕힌다. 눈을 감고 무념무상으로 회귀한다. 무엇보다 글을 쓸 때 올바른 자세가 중요한 것 같았다.

 《구운몽》의 저자 서포 선생! 그녀는 어떻게든 그를 재생, 소환시키고자 한다. 조선시대로 거슬러 올라가 그의 행적, 자취를 더듬는다. 현재도 여전히 좌, 우, 편을 가르고 민생보다는 당쟁으로 지새는 21세기 대한민국으로 충심과 효성 깊은 서포를 소환하고자 한다.
 국민을 위해 목숨 걸고 직언하고, 불의와 부정부패를 척결하고자 하는 청렴결백한 선량이 과연 몇이나 될까. 양심적이고 정직한 지도자가 누구인가.

광산 김씨 후손 유복자 서포 김만중, 언근의 출처를 아뢰지 않는다는 이유로 임금님은 그를 한양에서 멀고 먼 섬에 위리안치를 명했다.

신하가 상소 올린 게 유배로 가는 직 코스가 되었다. 상소 내용, 상소를 올리게 된 동인을 심도 있게 검토해 볼 필요가 있지 않은가. 어떻게 즉석에서 귀양 처분을 명한단 말인가. 반대파는 툭하면 귀양 보내고, 그것도 모자라 사약을 내려 아예 근저를 말살하지 않았던가.

그녀는 아쉬움이 남는다. 부언, 항간에 떠도는 소문을 듣고 소를 올리기 전에 현명한 모친 윤 부인에게 먼저 의논을 했더라면 사태는 분명 달라졌을 것이다.

임금님이 오히려 편을 갈랐다고 볼 수도 있다. 이편저편 견해를 다 듣고 나서 임금님은 중용의 묘를 발휘해야 하지 않았을까. 대신들과 둘러앉아 토론, 공론 한번 거치지도 않았다. 고위 공직자를 하위급 신하들이 다 보고 듣고 있는 데서 즉시 귀양을 명하는 법이 그게 무슨 법인가.

아이들끼리 모여 가위바위보로 술래 정하는 놀이가 아니다. 무슨 화투로 점치는 행위도, 막걸리 내기 장기판도 아니지 않는가. 어찌 그 자리에서 뚝딱! 판결이 나오는가. 임금님이시니까? 화가 나서? 서포의 사람의 값, 공부의 값, 권신의 값이 그것밖에 안 되는가. 서포는 임금님의 왕격을 믿고 임금님의 공감을 받을 거라고 여겼나?

- 제가 잘못 들은 것 같습니다. 저도 잘 모릅니다.

 서포는 언로를 다른 방향으로 돌리고 물러 나왔어야 한다. 떠도는 이야기니 모르는 게 당연하다. 그는 임금님과 더불어 어디까지 논쟁을 하겠다는 것인가. 아! 하늘이여! 하고 나중에 뉘우치지 않으려면 그 순간이 바로 시포가 살 수 있는 절호의 기회였다.

- 언근을 밝혀라! 당장 밝히지 않으면 너는 귀양이다. 절해고도에 위리안치다!

 한두 마디 건네보아서 기미가 수상쩍거든 입을 다물 일이다. 어느 안전이라고 자신의 뜻을 고집한단 말인가. 고지식 불통이 화를 자초한 사례가 아닌가.
 누구나 자기만의 시각, 안목이 있는 법, 임금님 속내를 모르면서 자신의 의견을 주장할 수는 없다. 어머니 윤 부인을 모시고 소박하게 살고 싶다면 더욱 조심해야 했다. 올바르다고 본인은 믿지만 임금님은 남인 편이 아닌가. 하고 싶은 말, 옳은 말이라고 다 하고 살 수 있는 세상이 아니다.
 예측하지 못한 귀양살이. 서포는 강원도 금성에 이어서 선천, 남해 노도 섬, 3차례나 귀양을 갔다. 임금님의 장인이었던 서석공 만기 형님도, 서석공의 딸 임금님의 초비 인경왕후도 진즉에 요절하지 않았는가. 홀어머니 윤 부인은 어쩌란 말이냐. 젊은 아내와 어린 자식들은 누구를 의지하고 험한 세상을 살아가야 한단 말인가. 아무리 불가피한 상소라 할지라도 상소가 초래한 귀양살이는 가문의 수치뿐 아니라 연좌제로 일족의 파멸은 말할 것도 없다.

그녀가 집에서 가져온 자료에는 서포 선생의 소년, 청년 시절에 이어 결혼 생활, 극히 사적인 내용이 미흡하다. 이전투구와도 같은 당파싸움 와중에 서포 그가 겪은 고뇌와 갈등은 유배 중에 지은 시 작품으로 심리상태, 주변 상황 같은 것은 능히 유추할 수 있다.

조심조심 돌담을 쌓듯, 일단은 부수를 증가시키고 여유를 가지면서 보완하고 수정해야 한다. 그녀는 한 국가의 고위 관리로서, 학자, 문학인, 공인으로서보다는 인간 서포의 진면목을 조명하고 싶었다.

밥 없는 휴일이다. 저녁밥 먹으러 나갈 일도 없고, 밥을 지을 일도 없으니 시간은 널널하다. 이미 지쳐 있어 별도의 독서는 불가능하고 눕는 일도 성가시다. 모과나무가 있는 곳, 크고 작은 옹기그릇들이 정답게 모여 앉은 뒷마당으로 나간다.

옹기그릇들은 언제 보아도 푸근하고 살갑다. 일찍이 저들 안에 무엇이 담겨 있었을까. 주인이 떠나고 없는 지금, 먼지 뒤집어쓰고 엎어진 빈 항아리, 더러는 뚜껑이나 귀퉁이가 깨져 있는 것, 메주 열 말은 족히 담았을 매우 큰 항아리도 있다. 선생님이 질항아리에 손수 담그셨다는 맛깔스러운 풋고추지, 깻잎장아찌를 우리는 귀하게 먹을 수 있었더니 이제 그것은 한낱 추억으로 남았다.

그녀는 옹기그릇이 진열된 뜰을 돌아 나와 찻길로 내려갔다.

가을 추수철인데도 회촌 마을은 사람 구경을 할 수 없다. 몹시 적적하다. 어디로 가는지 모를 차량만 씽씽 달리고 있다. 코로나 19가 발생한 뒤 속속 변이 바이러스가 출현하여 지구촌 인류를 공략하고 있다. 코로나로 수백, 수천의 생명이 유명을 달리했다. 그 불행은 현재도 계속되고 있다.

문학은 그녀에게 무엇인가. 생존 전략이 시급한 실정이 아닌가. 그녀는 왜 서포에게 연연하는가. 그의 깊은 공부와 청정한 인품이 너무나 귀하고 연민이 하도 깊어서, 그의 빼어난 충심, 효심, 문심을 우러르며 감히 훈수를 두고 있는 것인가. 내일 세계의 종말이 오더라도 사과나무를 심어야 하는 심정인가. 그녀는 스스로에게 자문하면서 걷기를 마치고 숙소로 돌아온다. 늦은 밤 그녀는 창작 작업에 몰두한다.

서포, 희대의 출중한 인재가 언사 때문에, 어쩌면 시대를 잘못 만나서, 절해고도 남해의 작은 섬에서 고독사, 병사하다니 안타깝다. 그토록 목메어 부르던 어머니, 윤 부인의 임종도 못 지키고 아는 사람 하나 없는 유배지에서 그는 한 많은 세상을 하직했다. 뜻 있는 선비들은 정치를 외면하고 시골에 가서 서원을 지어 후배를 양성했지 않았는가. 서포에게는 왜 그 향촌 생활이 어려웠던가.

엄동에 피난선에서 유복자를 낳은 그의 어머니를 생각한다면, 서포의 직언은 살얼음을 딛듯, 아니 숫제 눈감고 귀 막아야 했다. 혼란한 시대 상황을 감안하여 정의로운 마음을 꾹꾹 눌러 가슴 깊이 묻어두어야 했다. 대체 그는 어디서부터 빗나가기 시작한 것일까.

- 아들아! 임금님이 총애하는 여자의 어미와 사통한 자를 좌의정으로 재가하려는 것을 네가 무슨 수로 막는단 말이냐? 누구 말을 듣는 임금님이더냐? 아침 다르고 저녁 다르다고 임금님의 모후도 자기가 낳고 길렀지만 아들의 성정을 모른다고 하지 않더냐.

그녀의 귓전에 윤 부인의 오장육부가 녹아내리는 통곡 소리가 들려오는 듯하다. 윤 부인의 심정이 오죽이나 찢어졌을까, 당파싸움이 가장 극심한 시대에 서포의 상소, 효잡스러운 일이 빌미가 되어 절해고도의 참극이 벌어졌다. 권세에 욕심도 없으면서 그는 조용히 지냈으면 무사했을 것이다.

병조판서 시절 아홉 번 소를 올리고, 임금님이 대제학을 제수했을 적에는 무려 열 번이나 상소를 거푸 올려 끝내 사직하지 않았는가. 그의 천래의 결벽성이 천하에 드러나지 않았는가.

그녀는 《조선소설사》가 생각난다. 그녀의 아버지는 고전문학 전공의 딸 문원을 위하여 온 동네를 돌며 《춘향전》, 《배비장전》, 《변강쇠전》 등, 고전 몇 권과 함께 《조선소설사》를 구해다 주었다. 《조선소설사》는 구하기 어려운 책, 그녀에게 보물이었다. 아버지가 일찍 타계하지 않았다면 그녀는 고전문학 계통에서 교편을 잡았을지도 혹 모른다, 어려서 어머니에게 배운 한문이 재미있었고,

고전소설에서 해학, 풍자는 서민적 흥취에 잘 어울렸다.

《구운몽》은 그녀가 꼽는 소설 중 하나였고 그 저자 서포를 주인공으로 소설을 쓰겠다고 동분서주, 강원도 원주까지 짐 싸 들고 원정 온 것이 아니겠는가.

서포는 타인들이 어떻게 생각하든, 요상한 소문이 고샅과 항간에 넘쳐흘러도 이 괴이한 징황에 오로지 묵묵함을 지녀야 옳았다. 세상이 흙탕물이 되어도 눈감으라는 얘기가 아니다. 비겁하라는 주문이 아니다. 그의 부친은 병자호란 와중에 강화도가 함락되자 자결하고, 만삭의 윤 부인은 얼음덩어리가 둥둥 뜬 강물에 죽기를 결심하고 빠졌다가 가까스로 살아나 피난선에서 그를 낳았다.

서포의 묵묵함은 어머니의 삶을 편안하게 지켜드리기 위한 고육책이 아닌가. 나면서부터 효자인 그가 그렇게 처신한다고 해서 당장 나라가 무너질 것도 아니지 않는가.

— 언근을 대라! 어물쩍하지 말고 똑바로 말해! 감히 뉘 앞이라고 나를 속여?

만백성의 어버이 임금님이 역정을 낸 것은 하교와는 다른 감정이다. 심하게 역정 낼 까닭이 없다. 다른 신하들도 파다하게 떠도는 부언을 임금님께 아뢨지 않은가. 다른 신하들에게 임금님이 그처럼 모질고 잔인하게 내쳤다는 소리는 못 들었다.

임금님보다 훨씬 나이가 많은 서포는 임금님의 사돈이다. 적당한 선에서 발을 빼야지 왜 정치 고단수에게 얽혀 들어간 것인가. 임금님을 진정 만백성의 어버이로 여긴 것인가.

귀가를 기다리는 어머니와 처자를 떠올려 보라. 무엇이 그에게 더 귀하고 지켜야 하는 도리인지. 여타 다른 집안하고는 전혀 다른 환경에서 태어나 자랐으면서 자기주장을 어디까지 펼 것인가를 가늠해 보아야 했다.

서포는 임금님의 성덕에 누가 될까 염려했다. 임금님은 서포의 깊은 뜻을 헤아리지 못한다. 헤아릴 의도가 없다. 임금님이 침소 봉대, 그의 죄명을 지어내고 있지 아니한가. 서포는 임금님이라는 최대의 적수를 만난 것이다.

서포가 사람을 죽인 것도, 남의 재물을 도적질한 것도 아니다. 임금님은 정상을 참작할 수도 있지 않은가. 영상의 오만방자한 서자처럼 유부녀를 납치하여 사흘 밤낮을 겁탈한 무뢰한은 더욱 아니다.

창밖이 깜깜하다. 이제 그녀는 훈수를 그만두고자 한다. 쇳덩어리에 눌린 듯 가슴이 먹먹, 답답할 뿐이다. 사건은 이미 터졌고 서포는 갔다. 그녀의 소설 쓰기는 아직도 반 이상이 더 남아 있다. 수백 번을 고쳐서도 그 시대 독자들이 《구운몽》을 신명 나게 읽었듯이, 문격은 빵빵하게 견지하면서 흥미진진을 플러스한, 고급의 명화로 그려내야 한다. 그녀는 급한 대로 사유가 보내준 태극당 빵과 구운 김, 크랜베리로 간단히 저녁 식사를 마치고 나서 다시 책상에 앉아 시를 보았다.

꿈에 붉은 구름 밟고서 자황님 배알하고(夢躡紅雲拜紫皇)
몸은 밝은 달을 좇아 소상강을 건넜네(身隨明月度瀟湘)
일없는 초나라 나그네 난초를 노리개차고(無勞楚客蘭爲佩)
지니고 있는 금향로는 소매 가득 향기롭네(携得金爐滿袖)

서포는 시에서 옛날 초나라의 나그네, 벼슬에서 쫓겨나 산천을 떠돌다가 자결한 굴원을 환상적으로 표현했다. 금성 유배로 그는 마치 시작의 기회를 얻은 듯 활발하게 시를 썼다. 첫 유배지 금성에서는 시 내용이 그다지 절망적이지 않았다.

산간벽지에 귀양 간 선비가 시 짓는 것 말고 또 무엇이 있을까. 시라도 쓸 수 있어 우울을 물리치고 어머니에 대한 지극한 그리움을 희석시킬 수 있는 게 아닐까. 그녀는 이어서 서포의 〈몽유방환(蒙宥放還)〉 시를 본다.

시의 주제는 서포의 모친 윤 부인이다. 그렇게 살뜰하게, 곡진하게 어머니를 그리면서 먼 곳으로 떠나오다니, 그의 효도가 이런 것인가. 정상적으로 관료 생활을 하면서는 서정적인 시어가 분출되지 않았던가.

정월에 떠난 사람 사월에 돌아오니
외로운 신하는 감격의 눈물 줄줄이 흘리네

이제는 은자(隱者)의 옷은 벗어 던지고

평생에 색동옷을 떨쳐보리라

금성 유배에서 풀려난 그는 은자의 옷을 벗어버리겠다고 기뻐한다. 색동옷을 입고 어머니 모시고 효도하면서 살겠다고 다짐한다. 얼마나 아름다운가. 얼마나 효성스러운가. 그는 이차, 삼차 유배를 또 가지 않는가. 그의 결심, 그의 다짐은 왜 허사가 되었을까. 《구운몽》이 세상에 나오려고 그랬던가.

서포는 유배지에서 정비를 내치고 애첩에게 빠진 임금님의 마음을 돌이켜보려고 《사씨남정기》를, 상심하는 어머니 윤 부인을 위로하기 위해서 《구운몽》을 한글로 저작했다.

세종대왕의 훈민정음 반포 이후, 언문을 깨우친 부녀자와 일반 백성들은 장마당에서 이야기꾼이 연극 하듯 책을 읽어주면 둘러서서 구경했다. 규중처녀가 서책을 빌려다가 밤새 베껴 써서 출가할 때 혼수품 속에 고이 챙겨 갔다고도 했다. 서포의 《구운몽》은 인기가 좋았다.

《구운몽》의 주인공은 양소유다. 전세의 성진이 양소유로 환생한 것이다. 양소유의 용모를 보면 '얼굴은 옥으로 다스린 듯하고, 눈은 새벽별 같고, 그 기질이 청수하고 지혜 너그러워 엄연한 대인군자'라고 했다.

손을 들어 도화(桃花) **한 가지를 꺾어 모든 선녀의 앞에 던지니, 여**

덟 봉오리 땅에 떨어져 화하여 명주(明珠) 되거늘, 팔인이 각각 주워 손에 쥐고 성진을 돌아보며 찬연히 한 번 웃고 몸을 소소이 바람을 타고 궁중으로 올라가니, 성진이 석교에 오래 앉아 선녀의 가는 곳을 바라보더니, 구름 그림자 사라지고 향기로운 바람이 진정하거늘 바야흐로 석교를 떠나…. 선방(禪房)에 돌아오니 날이 이미 어두웠너라.

서포가 《구운몽》에 등장시킨 미소년 양소유는 과거시험을 보러 가는 도중에 팔선녀(영양공주, 난양공주, 진채봉, 가춘운, 계섬월, 적경홍, 심요연, 백능파)를 만난다. 서포가 어머니의 상심을 위로하기 위해 《구운몽》을 지었다고 한다면 어머니의 의미는 현실의 윤 부인뿐 아니라 구운몽에 출연하는 팔선녀도 포함된다고 보여진다. 팔선녀와 윤 부인은 성정, 재능, 품격, 지식에서 서로 공통점이 있지 않은가.

양소유는 유교적 사회에서 가장 이상적인 남성상이다. 부귀영화를 맘껏 누리다가 마침내는 불가로 등장인물을 인도하는 것은 저자 서포의 탁월한 구성이 엿보인다.

《구운몽》에서 양소유는 여덟 여인을 평능하게 사랑해 주었다. 여인들은 모두가 개성적이면서 아름답고, 슬기롭고 재주 있고, 심사 또한 비단이었다. 질투는커녕 서로 화합하여 양소유의 사랑을 공유하는 보기 드문 여성상이다.

여덟 여인의 사랑을 몽땅 받는 남성 양소유에게 《구운몽》의 독자들은 간접 체험, 대리 만족을 누렸을 것 같다. 저자도 즐겁고 독자도 즐거운 소설《구운몽》만이 누리는 특권이었다.

《구운몽》저작자 서포의 작의는 진정 무엇이었을까. 그녀는 곰곰 연구한다. 자신이 처한 절망적인 현실과 남성적 욕구를 해소하려는 몸부림이었을까. 절개 곧은 그의 어머니를 위한《구운몽》이었을까. 그 시대 삶에 지친 백성 다수를 위한 것인가.

윤 부인은 능히 아들의 작의를 이해하고 남음이 있을 듯, 서포의 모친은 예사 아녀자가 아니다. 베틀에 올라 밤새워 베를 짜 어린 두 아들에게 책을 사 주고, 돈이 모자랄 때는 이웃에게 책을 빌려다 몇 날 며칠을 베껴서 두 아들을 몸소 가르쳤다. 그들 모자는 그 아들에 그 어머니, 그 어머니에 그 아들이다. 한양과 노도 섬, 아니 하늘나라에 가서도 동상동몽, 동시감응일 것이다.

- 나는 할 수 있다.

중국의 고문, 난해한 한자가 자료에 나타나면 예상외로 시간이 많이 소요되어 그녀는 당황했다. 곤경에 처할 때마다 "나는 할 수 있다." 구호를 외친다. 중국어 사전, 신화 사전, 옥편을 뒤져도 그 한 글자가 나오지 않을 때는 사진을 찍어서 한문학 교수에게 보내기도 한다.

문학의 길로 들어서면서 그녀는 여성 작가가 쓴 한국소설을 처음 만났다.《김약국의 딸들》이었다. 그 책은 언니로부터 그녀에게 건너왔다. 전국 미인대회에 출전한 후 언니의 주변 상황은《김약국의 딸들》그 이상이었다. 차라리 내처 골방에 은둔했더라면, 무사했을 것을. 무수한 시간이 흐른 다음에야 그녀는 상황판단을 바로 할 수 있었다.

《김약국의 딸들》은 언니의 방 책상에 늘 올라와 있었다. 자연스럽게 그녀도《김약국의 딸들》속으로 매몰되어 갔다.《김약국의 딸들》에서 둘째 딸 용빈은 오래오래 강렬한 인상을 남겼다. 언니의 슬픈 영혼이,《김약국의 딸들》이 그녀를 토지문화재단으로 안내한다고 그녀는 믿었다.

- 그 일은 덮어두라! 여항에 떠도는 언근을 어디 가서 찾겠느냐, 정사에 더욱 힘쓰라.

임금님에게서 이 말이 나오기는 요원할 것 같다. 그녀야말로 이제 〈훈수 두다 – 그리운 옛날은 지나가고〉를 그만 내려놔야 할 것 같다. 산으로 둘러싸인 이곳에 고라니며 멧돼지 독사뱀이 출몰한다고 한다. 길에도 들에도 사람이 보이지 않는다. 멧돼지, 고라니, 독사뱀보다 사람이 더 무섭다는 사실을 그녀는 서포 김만중의 생애를 연구, 소설화하면서 절감한다. 그녀는 서포 소설을 조만간 종료하게 될 듯하다.

유복자로 태어난 서포는 그의 50여 생애 동안 아버지를 사무치게 그리워했다. 그의 모든 불행의 사단은 아버지의 얼굴도 모르고 자란 그가 임금님을 아버지로 착각한 탓일까. 그녀는 서오릉에 가면 임금님의 무덤에 나아가 물어보고 싶다.

- 임금님! 거기가 천상이요 지옥이요?

(끝)